Zara Kavka
Giftkuss

In dieser Reihe sind unter anderem erschienen

Ulrike Bliefert, Eisrosensommer
Bettina Brömme, Rachekuss
Beatrix Gurian, Prinzentod
Beatrix Gurian, Höllenflirt
Beatrix Gurian, Liebesfluch
Beatrix Gurian, Lügenherz
Krystina Kuhn, Schneewittchenfalle
Krystina Kuhn, Märchenmord
Krystina Kuhn, Dornröschengift
Krystina Kuhn, Aschenputtelfluch
Kathrin Lange, Schattenflügel
Inge Löhnig, Schattenkuss
Inge Löhnig, Scherbenparadies
Manuela Martini, Sommerfrost
Manuela Martini, Sommernachtsschrei
Manuela Martini, Puppenrache
Susanne Mischke, Nixenjagd
Susanne Mischke, Waldesruh
Susanne Mischke, Zickenjagd
Susanne Mischke, Rosengift

Zara Kavka
hat nach dem Studium der Theaterwissenschaft
viele Jahre als Redakteurin beim Kinderfernsehen gearbeitet.
Als sie dann selbst Kinder bekam, fing sie mit dem Schreiben an
und kann seitdem nicht mehr damit aufhören.
Zara Kavka lebt mit ihrer Familie in München.

Zara Kavka

Giftkuss

Arena

FSC
www.fsc.org
MIX
Papier aus verantwortungsvollen Quellen
FSC® C110508

1. Auflage 2012

Covergestaltung: Frauke Schneider
Gesamtherstellung: Westermann Druck Zwickau GmbH
ISBN 978-3-401-06815-2

www.arena-verlag.de
www.arena-thriller.de
facebook.com/arenathriller
Mitreden unter *forum.arena-verlag.de*

Freundschaft ist etwas
jenseits von Liebe

(Henry Miller)

Prolog

Sabrina öffnete die Tür und trat ins Treppenhaus. Wie immer strömte ihr der Geruch von Essen, Müll und Putzmitteln entgegen. Meist deprimierte sie dieser Geruch, aber heute nicht. Heute war Sabrina glücklich. Daher versuchte sie erst gar nicht, ob der Aufzug funktionierte, sondern rückte den Gurt ihrer Reisetasche auf der Schulter zurecht und machte sich zu Fuß auf den Weg in den siebten Stock. Sie nahm zwei Stufen auf einmal und bei jedem Schritt wuchs die Vorfreude.

Als Erstes erzähle ich ihr von Silvie, die sich auf der Hinfahrt im Bus einfach neben mich gesetzt hat, obwohl es noch andere freie Plätze gegeben hätte. Laura wird vor Freude quietschen! Jetzt habe ich richtige Freunde.

Dritter Stock. Sie achtete darauf, mit der linken Hand nicht die Dreckstellen des Geländers zu berühren. Wie schön sich das Holzgeländer in der Jugendherberge angefühlt hatte. Es war von oben bis unten makellos und blank poliert – herrlich. *Davon erzähle ich ihr auch und vom Zoo und diesem riesigen Baumhaus. Das wird ihr gefallen!*

Fünfter Stock. Gleich hatte sie es geschafft. Laura und sie waren noch nie eine Nacht getrennt gewesen und jetzt waren es gleich vier.

Sechster Stock. Der Riemen der Tasche schnitt tiefer in ihre Schulter und sie musste ihren Schritt verlangsamen. Der Geruch war mit jeder Etage schlimmer geworden und sie begann zu ahnen, woher er kam. *Und wennschon! Mein Leben hat sich verändert, komplett. Ein, zwei Tage aufräumen, dann ist alles wieder gut.*

Sie kramte den Schlüssel aus ihrer Jackentasche, steckte ihn ins Schlüsselloch und öffnete die Tür. Reflexartig hielt sie sich die Nase zu und trat einen Schritt zurück. Noch nie hatte sie einen so penetranten Gestank gerochen. Sie horchte. Wenn sie nach Hause kam, empfing Laura sie immer mit einem Freudenquietscher – selbst wenn sie nur eine Stunde einkaufen gewesen war. Jetzt hörte sie nur das Dröhnen des Fernsehers.

»Laura?«

Stille.

Mit einem heftigen Ruck ließ sie ihre Reisetasche fallen und stieg über die Tüten und Kisten im Flur, nahm im Vorbeigehen schemenhaft das Chaos in der Küche und im Wohnzimmer ihre Mutter wahr, die unbeweglich in ihrem Sessel saß und auf den Bildschirm glotzte.

Am Ende des Flurs betrat sie das Zimmer ihrer kleinen Schwester und erstarrte.

Was sie da sah, durfte nicht sein. Entsetzt legte sie die Hände vor den Mund. Die kleine Laura lag zusammengerollt auf ihrem Bett, die Augen starr in die Mitte des Zimmers gerichtet. Sabrina löste sich aus ihrer Starre, rannte zum Fenster und öffnete es. Dann kniete sie sich neben Laura und schüttelte sie.

»Laura, Laura, Laura…!«

Immer wieder schrie sie ihren Namen, schüttelte sie, drückte sie an sich. Es musste ein Albtraum sein, ein Irrtum, ein dummes Versehen!

»Laura, jetzt sag was. Ich bin's, Sabrina!«

Endlich hielt sie inne und legte ihre Schwester behutsam hin, um sie nicht zu verletzen – obwohl sie wusste, dass sie bereits tot war.

Berlin, Silvie, der Zoo… In ihrem Magen formte sich ein dicker Klumpen und plötzlich wurde ihr schlecht. Sie sprang auf, rannte ins Bad und übergab sich in die verdreckte Kloschüssel.

Mama! Sie richtete sich auf. Alles begann, sich zu drehen, und sie stützte sich am Spülbecken ab. Dann lief sie ins Wohnzimmer und schrie.

»*Mama!* Was ist passiert?«

Doch ihre Mutter schien sich in einer anderen Welt zu befinden. Schmerzhaft langsam löste sie ihren Blick vom Bildschirm und drehte den Kopf.

»Du? Wo warst du so lange?«

»Was ist passiert?« Sabrina brüllte jetzt und ihre Mutter verzog gequält das Gesicht.

»Schrei nicht so. Was soll passiert sein?«

»Laura ist…«

Und weil sie dieses eine kleine Wort nicht aussprechen konnte, drehte ihre Mutter den Kopf wieder zurück zum Fernseher, als schaute sie eine spannende Sendung, von der sie keine Sekunde verpassen durfte.

»Laura liegt tot auf ihrem Bett.«

Ihre Mutter reagierte nicht.

Sabrina rannte ins Wohnzimmer, stellte sich vor ihre Mutter und schüttelte sie ebenso hart wie zuvor ihre Schwester. Dabei merkte sie, wie anders sie sich anfühlte. Ihr Körper bewegte sich keinen Millimeter, so dick und wuchtig war er. Erschrocken ließ sie von ihr ab.

»Laura ist tot, hörst du mich?«, schrie sie ihre Verzweiflung heraus.

»Laura ist tot?«, fragte die Mutter. »Aber warum denn?«

»Hast du ihr die Medikamente gegeben?«

»Medikamente?«

»Und Frau Bertels? Ich hatte sie extra gebeten, nach euch zu schauen.«

»Es hat geklingelt, ja, aber ich habe niemanden reingelassen.«

Sabrina griff nach dem DIN-A4-Blatt, das unter den Chipstüten und Pizzakartons hervorschaute.

»Ich hab dir alles zurechtgelegt. Die Medikamente, das Essen, alles. Und hier ...«

Sie hielt ihr das Papier unter die Nase.

»Diesen Zettel hatte ich dir geschrieben. Du hast mir versprochen, dass du dich um sie kümmerst.« Ihre Stimme überschlug sich.

»Ja ... stimmt.« Ihre Mutter legte sich den Zettel auf den Schoß, schaute verträumt auf ihn herab und strich ihn mit der rechten Hand immer wieder glatt, von unten nach oben.

»Mama, sprich mit mir. *WAS IST PASSIERT?«*

Ihre Mutter fing an zu weinen.

»Mama!«

»Ich weiß es nicht«, schluchzte sie. »Erst bist du tagelang weg und jetzt schreist du mich an.«

Mitleid mischte sich mit Sabrinas Wut, eine Kombination, die ihr vertraut war.

»Hast du Laura vergessen?«

»Ich dachte, du hättest sie mitgenommen.«

»Nicht weinen, Mama, nicht weinen.«

Sabrina trat zur Seite, damit ihre Mutter wieder freien Blick auf den Fernseher hatte. Nur so würde sie sich beruhigen, sie konnte ihre Mutter einfach nicht weinen sehen. Das konnte sie noch nie.

1. Kapitel

Katharina blickte auf die Uhr. Noch zwei Minuten, darauf konnte sie sich verlassen. Er war immer pünktlich. Als Vorstandsmitglied eines großen Versicherungsunternehmens hatte er das schnell gelernt.

Und tatsächlich: Um genau 18.45 Uhr verließ er das Haus für seine große Runde. Etwa zweieinhalb Stunden war er freitags unterwegs, eine todsichere Angelegenheit, schon seit Jahren.

Katharina schloss kurz die Augen und atmete zweimal tief durch. Immer wenn sie ihn sah, wurde ihr schlagartig übel. Der Satz *Ich finde dich zum Kotzen* war für sie bittere Realität geworden. Doch heute durfte sie keinen Augenblick Schwäche zeigen. Sie beobachtete, wie er das 2000-Euro-Rennrad aus dem Fahrradschuppen holte.

»Papa, meinst du, der Weihnachtsmann bringt mir ein Fahrrad?«

»Der Weihnachtsmann ist doch kein Geldscheißer. Schlag dir das aus dem Kopf!«

Sie schluckte die Erinnerung und die Übelkeit runter. Sein aufrechter Gang strahlte Selbstsicherheit aus und seine Bewegungen waren zielgerichtet und kraftvoll. Nichts, rein gar nichts ließ den Bruch in seinem Leben erkennen. Wie ein Chamäleon, das die Farbe seiner Umgebung annimmt, hatte er sich seinem neuen Leben angepasst.

Sie spürte einen Schmerz in ihrer rechten Hand und entspannte sich. Ihre Faust hatte sich derart zusammengekrampft, dass der Nagel des kleinen Fingers die Haut verletzt hatte.

Lässig, mit weit gespreizten Ellenbogen, rollte er in der Mitte der Auffahrt hinunter, als wollte er klarmachen, welch enorme Daseinsberechtigung er hatte. Endlich verschwand er hinter dem eisernen Tor.

Sina, die zweite Frau ihres Vaters, hatte Katharina bereits vor einer halben Stunde mit ihrem roten BMW aus der Garage fahren sehen. Zu einem dienstlichen Abendessen, wie sie ihr selbst am letzten Dienstag erzählt hatte. Fehlte nur noch Anja. Auch sie würde gleich kommen, denn wenn sie um 19 Uhr bei Cleo sein wollte, musste sie sich jetzt aufs Fahrrad schwingen.

Katharina betrachtete ihre kleine Wunde und leckte vorsichtig den Dreck weg. Mit der anderen Hand befühlte sie prüfend die Innentasche ihrer Jacke. Das Fläschchen und die Spritze waren noch da. Sie drehte sich nach rechts und schaute über die riesige Rasenfläche und den Pool.

Obwohl sie das Haus nun schon seit fünf Jahren kannte, überwältigte sie der Anblick dieses grenzenlosen Reichtums noch immer. Die makellos polierte Fensterfront des Wohnzimmers und die glatte Wasseroberfläche des Swimmingpools spiegelten die Abendsonne wider. Die Holzliegestühle waren mit Plastikplanen abgedeckt und die Sonnenschirme ordentlich zusammengeschnürt, wie es sich gehörte.

18.53 Uhr. Die Haustür ging auf. Sie beobachtete, wie Anja ihr Fahrrad aus der Garage holte und sich daraufsetzte. Katharina kroch etwas tiefer ins Gebüsch, denn Anja würde über den Rasen fahren. Der Weg durch den Wald war kürzer und sie nahm ihn immer, wenn ihre Eltern nicht da waren. Ihr blonder Pferdeschwanz flatterte im Fahrtwind und ihr knallroter Lippenstift ließ sie selbstbewusst und fröhlich wirken. *Einmal so unbeschwert sein wie sie.* Wie oft hatte sich Katharina das in den letzten Jahren gewünscht. Heute Nacht würde sie diesem Wunsch ein großes Stück näher sein.

Das Gartentor zum Wald quietschte laut und das Knirschen der Fahrradreifen auf den Steinchen des Waldweges entfernte sich schnell. Erst als Katharina nichts mehr hörte, kroch sie aus ihrem Versteck.

Zunächst entfernte sie alle Spuren, die sie mit ihren Schuhen hinter dem Busch verursacht hatte, dann ging sie barfuß und auf Zehenspitzen über den Rasen. Sie wusste, dass sie übertrieb, denn bei dem gut gepflegten, gerade erst geschnittenen Gras und der trockenen Witterung würden nicht einmal Spezialisten der Spurensicherung Rückschlüsse auf ihre Schuhe ziehen können, aber besser zu viel Vorsicht als zu wenig.

Am Eingang angekommen, zog sie sich erst die Gummihandschuhe an, dann holte sie den Schlüssel aus der Hosentasche und öffnete die Haustür. Eigentlich ein vertrauter Handgriff, doch heute fühlte sich alles neu an. Kein Wunder. Heute kam sie ja auch nicht zum Putzen, sondern um ihren Vater zu töten.

Allein die Eingangshalle war so groß wie ihre gesamte Wohnung. Es war angenehm kühl und die Mischung aus Holzpolitur, Schuhputzmittel und teurem Parfum flößte ihr wie immer Respekt ein. Sie nahm das Gift und die Spritze aus ihrer Jackentasche, faltete die Jacke ordentlich zusammen und legte sie rechts neben der Eingangstür auf den Boden. Ihre Schuhe stellte sie dazu. Jeder Handgriff saß. Nun durchschritt sie die Eingangshalle, vorbei am weißen Garderobenschrank, an der Ahnengalerie, an der Treppe, die in die oberen Stockwerke führte, vorbei an der angelehnten Wohnzimmertür bis ganz nach hinten zur Küche.

Angesichts dieses perfekt geputzten Raumes stellte sich Zufriedenheit bei ihr ein. Sie mochte saubere Menschen und Anjas Mutter gehörte definitiv dazu. Am Dienstag hatte Katharina die Küche blitzsauber hinterlassen, heute war Freitag und sie sah fast noch genauso aus. Sie öffnete die Kühlschranktür und fand sofort die Milchtüte.

»Anja, du sollst doch nicht von der Minus-L-Milch trinken. Die hab ich für Günther gekauft wegen seiner Laktose-Intoleranz.«

Als Katharina neulich diesen Satz gehört hatte, wusste sie, wie er sterben würde. Sie holte die Milchtüte heraus und drehte den weißen Deckel ab. Erleichtert stellte sie fest, dass sie die Spritze nicht benutzen musste, denn die Milch war bereits angebrochen. Er hätte das Einspritzloch wahrscheinlich nicht entdeckt, aber so war es auf jeden Fall sicherer. Vorsichtig öffnete sie ihr kleines Fläschchen und schüttete das Gift in die Tüte. Es roch stark nach Bittermandel. Sie war aber zuversichtlich, dass er genug getrunken haben würde, bis er merkte, dass etwas nicht stimmte. Sie hatte ihn schließlich lange genug beobachtet und kannte seine Gewohnheiten.

Während sie die Milchtüte wieder zuschraubte, dachte sie darüber nach, wie einfach alles gewesen war. Kaliumzyanid stand in der Gerichtsmedizin unter »K« im Medizinschrank und der Schlüssel dafür lag in Professor Scholls oberster Schreibtischschublade. Ein Zaubermittel, genau richtig für ihre Zwecke. Sie wiederholte in Gedanken, was sie gelernt hatte: *Sobald das Salz auf Magensäure stößt, entsteht giftige Blausäure. Dann dauert es höchstens noch fünf Minuten bis zum Tod durch Ersticken. Die Säure hemmt das Enzym, das für die Sauerstoffzufuhr der Zellen sorgt.* Er würde Krämpfe haben, aber nicht lange. Und sie würde es mit ihm gemeinsam durchstehen.

Der Gedanke an seine letzten fünf Minuten löste Panik und Vorfreude zugleich in ihr aus. Was, wenn er sie ein zweites Mal zurückwies? Würde sie das aushalten? Gedankenverloren kratzte sie mit der scharfen Deckelkante des Giftfläschchens an der Handwunde, bis sie wieder blutete. *Blödsinn. Im Angesicht des Todes wird er mich um Vergebung anbetteln, was sonst?* Die freudige Erwartung ließ ihr Herz höher schlagen.

Sie lehnte sich an den Küchentresen und ging noch einmal alles Schritt für Schritt durch: *Der Platz draußen neben dem Küchenfenster ist ideal, von dort kann ich das Haupttor und die Küche einsehen. Sobald er kommt, werde ich alles, was in der Küche passiert, genau beobachten. Beim Todeskampf werde ich bei ihm sein. Und wenn es dann zu Ende ist, hole ich die bereitgestellte Schubkarre aus dem Wald. Mit der gehe ich durch die Bäume am Rand des Grundstücks bis zur Terrasse. Auf die Weise hinterlasse ich keine Spuren. Dann muss er in die Karre, der erste schwierige Part. Im Haus alles säubern, zweimal abschließen, wie Anja. Zurück zum Gartentor geht's schön bergab und auf dem kurzen Waldweg zum Auto habe ich noch nie jemanden gesehen außer Anja und ihrer Freundin, und die sind heute nicht da. Mit dem Wagen brauche ich fünf Minuten zum Friedhof, ich parke in der Seitengasse direkt an der Friedhofsmauer. Die hohe Hecke schirmt mich ab. Über die Mauer klettern, ein Kinderspiel, die Schippe liegt im Auto. Dann Teichmanns Grab noch tiefer buddeln, nicht viel, aber etwas. Schließlich ihn über die Mauer hieven – der schwierigste Part. Die Tankstelle verdeckt zwar die Sicht, doch es kommt schon mal vor, dass sich jemand dahinter verirrt. Nicht drüber nachdenken, es wird klappen! Rein ins Loch. Sobald der alte Teichmann morgen Vormittag über ihm beerdigt ist, wird ein für alle Mal Schluss sein.*

Sie schaute auf die Uhr. Noch etwa zwei Stunden. Gerade als sie anfangen wollte, die abschließende Spurenbeseitigung durchzugehen, hörte sie den Schlüssel in der Haustür. Sie erstarrte.

»Hallo? Ist da wer?«, hörte sie jemanden rufen.

Anja. Oh nein! Sie hatte die Tür nicht zweimal abgeschlossen. Panisch schaute sie sich nach einem Versteck um, denn raus konnte sie nicht mehr, das Küchenfenster war von innen mit Kräutern und Blumen vollgestellt und auf die Schnelle nicht zu öffnen.

Die Milch. Da stand noch die Milch neben dem Kühlschrank! Doch lediglich die Gedanken flogen. Ihr Körper blieb starr am selben Fleck, als würde er in alle vier Himmelsrichtungen gleichzeitig gezerrt werden.

Klack-klack-klack. Anjas hochhackige Schuhe erzeugten ein bedrohliches Geräusch auf dem Marmorboden.

»Katharina? Bist du da?«

Die Jacke und die Schuhe! Sie hatte sie erkannt.

»Ja«, antwortete Katharina automatisch und endlich löste sich ihre Starre. Sie griff im Schrank unter dem

Spülstein nach dem erstbesten Putzmittel, dem Silberputztuch. Dann öffnete sie die Besteckschublade und begann, einen Kaffeelöffel zu polieren. Anja trat in die Küche.

»Katharina, was machst du denn hier?«

»Silber putzen. Deine Mutter hat mich darum gebeten.« Sie hatte ihre Stimme erstaunlicherweise gut im Griff und doch glaubte sie, für den Bruchteil einer Sekunde Zweifel in Anjas Augen zu sehen. Tatsächlich erwiderte sie etwas zögerlich: »Oh, davon hat sie gar nichts gesagt.«

Aber ihr Gesicht hellte sich rasch wieder auf und sie fügte auf ihre unbeschwerte Weise hinzu: »Na ja, egal. Ich bin gleich wieder weg, hab nur was vergessen.«

»Okay«, antwortete Katharina etwas zu laut, wie sie selbst fand. *Geh!*, schrie es in ihr. *Geh!* Und sie versuchte, nicht auf die Milchflasche zu schauen. *Warum habe ich die nicht weggeräumt?*

Anja öffnete die Kühlschranktür.

»Du wolltest doch um 19 Uhr bei Cleo sein, oder?«, fragte Katharina, während sie wie besessen den Kaffeelöffel mit dem Silberputztuch malträtierte.

»Ja, aber ich hab was oben liegen lassen. Und Durst hab ich auch.«

Anja durchstöberte den Kühlschrank.

»Wie blöd! Gar nix da.«

Mit einem leichten Plopp schloss sie die Tür wieder und sah nun die Milchtüte, griff danach und wollte sie öffnen. Sofort ließ Katharina ihre Putzutensilien fallen und riss Anja die Milchtüte aus der Hand.

»Deine Mutter hat dir verboten, diese Milch zu trinken!«

»Spinnst du?«

Anja stand wie vom Donner gerührt da und schaute Katharina fassungslos an. Katharina umklammerte die Tüte und atmete schwer. Wie sollte sie Anja ihre übertriebene Reaktion erklären?

»Entschuldige«, schickte sie schnell hinterher. »Ich wollte dich nicht so anschnauzen. Aber ... diese Milch ist für deinen Stiefvater.«

»Na und? Er ist nicht da, Mama ist nicht da, keiner wird merken, wenn ich was davon getrunken habe.«

Katharina versteckte die Milch hinter ihrem Rücken und versuchte, Anjas Blick standzuhalten. Die Luft knisterte. Sie bemühte sich um einen harmlosen Gesichtsausdruck.

»Was ist denn heute mit dir los?«, fragte Anja und beäugte sie argwöhnisch. Anja kannte sie gut genug, um zu spüren, dass etwas nicht stimmte, da war sich Katharina sicher. *Sie muss weg. SOFORT!*

»Nichts ist los. Cleo wartet auf dich.«

Anja sah sie unschlüssig an. Katharina bekam Angst, stellte die Milch neben ihr Silberputztuch und nahm das Tuch wieder in die eine, ein Messer in die andere Hand.

»Katharina, wer bist du?«, fragte Anja plötzlich.

Katharina rubbelte die Messerklinge mit dem Silberputztuch, als könnte sie auf diese Weise die letzten zwei Minuten wegschrubben.

»Was meinst du?«

Sie zwang sich, Anja anzusehen.

»Irgendwas stimmt hier nicht«, sagte Anja leise.

Sie brauchte jetzt eine gute Antwort, doch in Katharinas Kopf rauschte es nur. Sie nahm sich den Griff des Messers vor.

»Kommst du bitte mal mit nach oben?«, fragte Anja. »Ich möchte dir etwas zeigen.«

»Eigentlich nicht so gerne, ich muss das Silber putzen.«

»Es dauert nicht lange.«

Widerstrebend legte Katharina das Tuch und das Messer auf den Tisch und folgte Anja aus der Küche. Mit jedem Schritt, den sie sich Anjas Zimmer näherten, wuchs ihre Angst. Jetzt kam nichts Gutes!

»Was wird das?«, fragte sie, bekam aber keine Antwort. Als sie oben waren, beobachtete Katharina, wie Anja aus ihrem Schrank eine Blechdose hervorkramte, den Deckel öffnete und eine Fotografie herausnahm. Abwechselnd betrachtete sie erst das Foto, dann Katharina. So ging das eine Weile hin und her, bis Katharina ihre Gereiztheit nicht mehr unterdrücken konnte und noch einmal fragte, was Anja von ihr wolle.

Anja kam auf sie zu und hielt ihr das Foto hin. »Weißt du, wer das ist?«

Katharina betrachtete die vierköpfige Familie, die

ihr aus einer fernen Zeit entgegenlächelte. Ihr wurde schwindelig und sie hielt sich an der Lehne des Schreibtischstuhls fest, der direkt neben ihr stand. Die wenigen Fotos, die sie aus ihrem früheren Leben besessen hatte, hatte sie vor Jahren weggeschmissen. Denn wie um sich selbst zu quälen, hatte sie sie in regelmäßigen Abständen angeschaut und sich hinterher unendlich schlecht gefühlt. Und nun sah sie ihre Schwester seit langer Zeit zum ersten Mal wieder.

»Laura«, flüsterte sie leise und strich sanft mit dem Daumen über das kleine Gesichtchen. Das Bild war an Lauras zweitem Geburtstag aufgenommen worden. Sie waren wie eine ganz normale Familie in den Zoo gegangen. Sogar Mama hatte manchmal gelacht, wie auf diesem Foto. Katharina betrachtete sich selbst, wie sie sich als Neunjährige an die Beine ihrer Mutter gedrückt und zu ihrem Vater hinaufgelächelt hatte. Und der rot karierte Schottenrock mit der großen, silbernen Sicherheitsnadel, wie hatte sie ihn geliebt! Sie erinnerte sich genau, wie ihr Vater dem netten Mann, der sie fotografierte, zugerufen hatte, er solle den Gestank nicht mit aufnehmen. Der Dunst des Nilpferdgeheges war wirklich kaum zu ertragen gewesen. Alle hatten gelacht über den Scherz, sogar die kleine Laura.

»Wer ist das?«

Katharina trat erschrocken einen Schritt zur Seite und drückte das Foto an ihre Brust. Anja war dicht hinter sie getreten und hatte ihr über die Schulter geschaut. Statt einer Antwort stellte sie eine Gegenfrage: »Wo hast du das her?«

»Auf dem Dachboden gefunden. Gestern. Bist du das, die mit den Zöpfen?«

»Auf dem Dachboden?« Wieso hatte sie nie auf dem Dachboden geschaut?

»Ich habe im Schrank nach Kleidern fürs Musical gesucht. Da ist diese Blechdose aus dem oberen Fach gefallen.« Sie sah auf die gelbe Dose in ihren Händen. »Bist du das?«

Katharina nickte. Sie war zu schwach, etwas anderes als die Wahrheit zu sagen.

»Komm, setz dich«, bat Anja und drückte Katharina sanft auf den Stuhl. Sie holte sich selbst auch einen aus der anderen Ecke des Zimmers und setzte sich daneben. Die Feindseligkeit war verflogen und sie war wieder die sensible Anja, die Interessierte, die Hilfsbereite, die sogar die Verabredung mit der besten Freundin verschob, sobald jemand sie brauchte. Wenn sie gewusst hätte, wie unpassend das in dieser Situation war!

Katharina saß stocksteif neben Anja und versuchte fieberhaft, Laura aus ihrem Kopf zu verbannen. Sie musste wieder denken können, so schnell wie möglich!

Anja beugte sich zu ihr hinüber. »Ich hab dich nicht erkannt auf dem Bild. Erst eben in der Küche… da dachte ich…«

»Wer hat das Bild noch gesehen?«

»Bis jetzt niemand. Ich wollte es heute Cleo zeigen.

Deshalb bin ich zurückgekommen. Ich hatte es vergessen.«

Gut, dachte Katharina, fand dieses Wort aber im selben Moment falsch, denn sie hatte ja bereits eine Mitwisserin, und das war schon eine zu viel.

»Was macht mein Stiefvater da neben dir?«

Katharina sprang abrupt auf. Sie musste raus hier! Durfte sich nicht ausfragen lassen. Musste nachdenken.

»Ich gehe!«

»Ist er dein Vater?«

»Lass mich in Ruhe!« Katharina wollte das Zimmer verlassen, doch Anja war schneller. Sie stellte sich blitzschnell in die Tür und hielt immer noch die Blechdose fest in ihren Händen. Die beiden Mädchen standen einander gegenüber und beäugten sich.

»Ist er dein Vater?«

»Du hast ja keine Ahnung!«

»Dann erklär's mir halt.«

»Lass mich durch!«

Doch Anja dachte gar nicht daran, im Gegenteil, sie machte sich noch breiter, indem sie ihre Ellbogen gegen den Türrahmen drückte, und sah Katharina fest in die Augen. Ihr Handy klingelte. Es lag auf dem Schreibtisch, doch sie beachtete es nicht.

»Katharina, ich habe diese Dose auf dem Dachboden gefunden und frage mich seitdem, mit was für einem Menschen ich unter einem Dach lebe. Da stimmt doch was nicht. Weder Mama noch ich wissen etwas von einer anderen Familie. Und du kennst die Antwort. Bitte!«

Katharina schnaubte laut durch die Nase. Dabei kratzte sie mit dem Fingernagel ihres Zeigefingers eine neue Wunde in ihrer linken Handfläche. Doch nicht einmal die Schmerzen beruhigten ihre Gedanken.

»Hier.« Anja hob den Deckel der Blechdose und nahm einen Zeitungsartikel heraus. »Ich les dir mal was vor:

Gießen, 10. Juni 2006

Jugendamt im Visier

Nach neuesten Erkenntnissen im Fall Laura M. ist das Gießener Jugendamt seinen Dienstpflichten nicht ausreichend nachgekommen. Das Gericht prüft, ob der zuständige Mitarbeiter, Tibor Mortzfeld, eine Klage wegen Verletzung des Schutzauftrages bei Kindern und Jugendlichen zu erwarten hat. Der tragische Tod der behinderten Laura M. (der GA berichtete am 5. Juni) hätte verhindert werden können, wenn die Familie häufiger überprüft worden wäre. Das Kind lag drei Tage lang tot in seinem Bett, weil ihm die notwendigen Medikamente nicht verabreicht wurden. Zuvor hatte sich die 17-jährige Schwester, Sabrina M., um das Mädchen gekümmert, doch sie war zu diesem Zeitpunkt auf Klassenfahrt und die Mutter konnte wegen starker Depressionen ihrer Sorgepflicht nicht nachkommen. Ein Nachbar hatte das Jugendamt bereits sechs Monate früher auf die katastrophalen Zustände in der Familie aufmerksam gemacht.

»So etwas darf nicht mehr passieren. Dieser Fall bedarf der unbedingten Aufklärung«, so die Familienbeauftragte Andrea Huber.

»Gib das her!« Katharina zerrte Anja den Zeitungsartikel aus der Hand und riss ihn in mehrere Teile.

»Alles Lügen! Die Zustände waren überhaupt nicht katastrophal!«

»Bist du Sabrina?«

»Und wenn?«

»Dann wäre das furchtbar. Deine Schwester ist gestorben, als du nicht da warst und …«

Mit aller Wucht rannte Katharina auf Anja zu und stieß sie hinaus auf den Flur.

»Katharina! Bleib hier!«

Anja erwischte sie am Saum ihres T-Shirts und hinderte sie daran, die Treppe hinunterzulaufen. Katharina fühlte sich, als zerplatze ihr Kopf. Unbändige Wut überkam sie und sie wollte nur noch eins: raus! Sie packte Anja am Handgelenk und befreite ihr T-Shirt mit einem heftigen Ruck aus ihrem Griff.

»Lass mich verdammt noch mal in Ruhe!« Die Worte zischte sie, leise, aber äußerst bedrohlich. Entsprechend heftig schreckte Anja zurück, doch Katharina ließ sie nicht los.

»Ich will doch nur reden«, antwortete Anja.

Kurz registrierte Katharina Angst in Anjas Augen, doch da war es schon zu spät. Mit voller Kraft schubste sie Anja von sich, als könnte sie auf diese Weise ihre ganze entsetzliche Vergangenheit wegstoßen.

Anja stolperte auf ihren hochhackigen Schuhen direkt auf den Treppenabsatz zu. Sie versuchte, sich am

Geländer festzuhalten, erwischte es aber nicht und kippte ... Mit einem lang gezogenen Schrei fiel sie die Steintreppe hinab und landete mit einem dumpfen Geräusch auf dem Marmorfußboden. Von einer Sekunde auf die andere war es unerträglich still.

Am Anfang zaghaft, dann immer schneller lief Katharina die Treppe hinunter. Dabei ließ sie Anja nicht aus den Augen. Sie lag mit dem Rücken auf dem Marmorboden und hatte ihre Beine und den Rumpf unnatürlich verdreht. Ihr Gesicht zeigte nach oben und die Augen waren geschlossen.

Bitte beweg dich, BEWEG DICH DOCH!

Anja lag ganz still da, nur die Bauchdecke hob und senkte sich im Rhythmus ihres Atems. Als Katharina unten ankam, bemerkte sie sofort das Blut, das dieselbe Farbe hatte wie Anjas Lippenstift. *Schädelbasisbruch!* Sie rekapitulierte blitzartig, was sie darüber gelernt hatte: *Hirnblutungen, hoher Druck legt die Gehirnfunktionen lahm, erst schwindet das Bewusstsein, dann stellt der Körper die Atmung ein. Das kann Minuten oder Tage dauern.* Gebannt beobachtete sie Anjas Atmung und überlegte, was sie tun sollte. Doch als sie immer mehr Blut über den Marmorboden laufen sah, wusste sie, dass jede Hoffnung zwecklos war.

Kurz darauf bewegte sich Anjas Bauchdecke nicht mehr. Und dann, ganz plötzlich, konnte Katharina sich nicht mehr beherrschen. Sie schrie und schrie und schrie und kniete sich neben Anja, nahm deren linke

Hand in die ihre und wippte mit dem Oberkörper auf und ab und auf und ab. Nach einer Weile wurden ihre Schreie zu tiefen Schluchzern. Sie schüttelten ihren gesamten Körper. Noch nie hatte Katharina geweint, nicht einmal als Laura gestorben war. Alte, tief vergrabene Erinnerungen drängten mit jedem Schluchzen an die Oberfläche.

Lauras lebloser Körper.

Mamas starre Augen.

Papas Lächeln auf dem Foto.

Das Rennrad.

»Verschwinde, ich habe keine Tochter!«

Irgendwann verblassten die Bilder und am Ende war nur noch Leere. Anjas Hand fühlte sich wie Gummi an und Katharina stieß sie weg. Sie musste verschwinden und die Spuren beseitigen. Und sie brauchte einen neuen Plan. Kaum hatte sie das gedacht, kam ihr eine Idee.

Sie stand auf und blickte auf die Uhr. Draußen tobte ein Gewitter, umso besser. Ihr Vater würde bestimmt irgendwo einkehren und noch später nach Hause kommen als gewöhnlich. Aber besser war es, sich nicht darauf zu verlassen.

Hochkonzentriert ging Katharina an die Arbeit. Zuerst erneuerte sie ihre Gummihandschuhe und bedeckte ihre Haare mit einer Plastikhaube. Dann schüttete sie die Milch in den Spülstein, steckte die leere Tüte ein, putzte Anjas Zimmer, den oberen Flur und die Treppe. Sie hatte vorsorglich die besten Reinigungsmittel mitgebracht, damit sie sicher sein konnte, dass keinerlei Spuren zurückblieben.

Aus dem Wäschekorb im Keller kramte sie einen schmutzigen Jogginganzug ihres Vaters und zog ihn über ihre Sachen. Dann nahm sie eines seiner gebrauchten Sporthemden und wickelte es um Anjas Kopf. So war die noch immer leicht blutende Wunde abgedeckt. Sie entkleidete Anja vollends und steckte ihre Sachen in eine Plastiktüte. Jetzt konnten auch keine Haut- oder Kleidungspartikel von Katharina mehr sichergestellt werden. Dann nahm sie ein neues Kleid aus Anjas Schrank und zog es ihr vorsichtig über den Kopf.

Als all das erledigt war, holte sie die Schubkarre, legte Anja drauf und schob sie zu dem großen Wagen, den sie gemietet hatte. Sie steckte Anja in einen extra mitgebrachten Leichensack, legte sie in den Laderaum, stellte die Schubkarre daneben und schloss die Tür. Fertig.

Der Weg zum Friedhof verlief ohne Komplikationen. Das Gewitter hatte die Luft abgekühlt und die Menschen saßen wohl noch immer verschreckt in ihren Häusern, sodass auf den Straßen kaum etwas los war. Sie kam unbeobachtet bis zu Teichmanns Grab.

Dort stellte sie sich knöcheltief in den Matsch und grub das Loch noch tiefer. Schippe für Schippe hob sie die Grube weiter aus und hatte dennoch das Gefühl, keinen Millimeter voranzukommen. Das Geräusch der

Schaufel, wenn sie sie in die nasse Erde stieß, und das matschige Schlürfen, wenn sie sie wieder heraushob, schnitten durch die Grabesstille, die ansonsten auf dem Friedhof herrschte. Die Erde war vom Regen extrem schwer und ihre Hand tat schrecklich weh wegen der Wunden.

Irgendwann wurde es dunkel und sie musste aufhören, auch wenn sie das Gefühl hatte, kaum etwas geschafft zu haben. Egal, sie musste das Loch ja schließlich nicht so tief graben, wie ursprünglich geplant. Anja sollte im Gegensatz zu ihrem Stiefvater entdeckt werden. Sie legte die Leiche vorsichtig in das Grab und schaufelte die ausgehobene Erde wieder zurück. Dabei achtete sie darauf, dass am Ende noch ein Stück ihres Fußes zu sehen war.

Als sie fertig war, pustete sie in ihre schmerzenden Hände und blickte in die Grube hinunter. Wieder schossen ihr Tränen in die Augen. Sie würde Anja nie wiedersehen. Dabei hatte sie sie gemocht. Wieso hatte sie nur diese Dose finden müssen?

»Es tut mir so leid, Anja, wirklich. Es war anders geplant, ganz anders. Er sollte verschwinden, nicht du. Und wir… wir hätten sogar Freundinnen werden können, vielleicht.« Kurz schwankte Katharina und sie musste sich auf die Schaufel stützen, um nicht in das Grab zu fallen. »Du hast nichts falsch gemacht, wirklich nicht. Und du bekommst noch eine richtige Beerdigung, versprochen.«

Während sie so dastand und hinabblickte, beneidete sie Anja plötzlich um die Ruhe, die sie ab jetzt für immer umgab. Die lebensfrohe Anja. Dass sie hier lag, war falsch - wie so vieles in ihrem eigenen bisherigen Leben.

Sie schüttelte die Gedanken ab und machte sich auf den Weg zum Auto. Dabei überlegte sie, ob sie alles bedacht hatte. Ihre Spuren im Haus waren beseitigt. Jetzt musste sie nur noch die Schubkarre entsorgen. Und morgen würde sie das Auto wegbringen und darüber nachdenken, wo sie das Sporthemd platzieren sollte. Für die Polizei war es dann nur noch ein Kinderspiel, ihn hinter Gitter zu bringen.

Sie fuhr zu einem Waldstück, wo sie eine geeignete Müllhalde für die Schubkarre kannte, und fragte sich, ob der neue Plan besser war als der alte. Er war zwar aus der Not geboren, aber wenn ihr Vater nicht sterben würde, barg das die Möglichkeit einer Gegenüberstellung, einer Entschuldigung, einer Genugtuung. Und zwar einer richtigen, keiner durch Todesangst erzwungenen.

Wenn doch nur Anja noch am Leben wäre...

2. Kapitel

Und vergiss nicht, die Herdplatte auszumachen.«

»Mama, für Sushi braucht man keinen Herd.«

»Du bist das ganze Wochenende allein, da wirst du ja auch mal den Herd benutzen.«

»Hast recht, ich werde ihn ausmachen.« Cleo unterdrückte das Bedürfnis, mit den Augen zu rollen.

»Und iss den Salat, ich hab dir extra deine Lieblingssalatsoße auf Vorrat gemixt.«

Keiner hat das von dir verlangt, lag es Cleo auf der Zunge. Stattdessen rang sie sich ein »Nett von dir« ab, um keinen weiteren Monolog zum Thema Undankbarkeit ertragen zu müssen.

»Komm jetzt, Schatz, sonst wünscht sie uns für immer fort.« Cleos Vater zwinkerte seiner Tochter zu und unter seinem Vollbart zeichnete sich ein Lächeln ab.

»Meld dich bei Omi«, erinnerte sie ihre Mutter.

»Mach ich.«

»Und grüß Anja.«

»Mach ich.«

Sie umarmten einander und dann gingen ihre Eltern endlich zum Auto, Papa bepackt mit zwei Reisetaschen und Mama mit zwei Tüten Proviant, als würden sie nach Athen und nicht in die Eifel fahren. Für zwei Stunden Autofahrt Kuchen, Eier und mindestens vier Stullen, so war sie nun mal.

»Vergiss nicht, die Terrassenmöbel in den Schuppen zu stellen. Es sieht nach Regen aus!«

»Mach ich.«

Ein letztes Winken, ein letztes Lächeln und dann: *Freiheit! Uff!* Sie schloss die Tür, obwohl ihre Eltern noch nicht einmal im Auto saßen. Aufatmend lehnte sie sich gegen das kalte Holz und lauschte, wie die Autotüren auf- und zuschlugen, der Motor anging ... und wie sie wegfuhren. Es schien, als wäre das ganze Haus noch von Mamas Stimme erfüllt. Erst nach einer Weile gewann die Stille die Oberhand. Wie konnte ein einziger Mensch so viel Hektik verbreiten?

Cleo gab sich einen Ruck und ging in die Küche. Dort legte sie die *Elisabeth*-CD ein und drehte auf volle Lautstärke. Der Rhythmus riss sie mit sich und sie tanzte durch den Raum. Mit jedem Takt besserte sich ihre Laune. Sturmfrei – das ganze Wochenende! Wenn Anja gleich kam, musste sie ihr dieses Lied unbedingt vorspielen. *Elisabeth* würde sie viel lieber aufführen als das dämliche Orff-Zeug, das ihr Musiklehrer ausgesucht hatte. *Nächstes Jahr werden wir ihn überstimmen,* dachte sie und sang lauthals mit.

Noch immer tanzend holte sie Zutaten aus den Schränken und stellte sie schwungvoll auf den Küchentisch. Erst Sushi machen, dann essen, danach die letzten drei Folgen von *How I met your mother* gucken und um elf in den Club gehen. Konnte man sich einen schöneren Abend vorstellen?

Sie schaute auf die Uhr und drehte die Musik leiser. Anja müsste jeden Moment kommen und bei dem Lärm würde sie die Klingel nicht hören. Alles war vorbereitet. Den Reis hatte Mama gekocht, sodass sie gleich mit dem Rollen loslegen konnten.

Cleo ging in den Garten. Über ihr leuchtete der Himmel noch in einem ungetrübten Blau, aber im Westen türmte sich eine gewittrige Wolkenwand. Die Luft wirkte schon jetzt geladen.

Hoffentlich ist Anja vor dem Gewitter hier.

Zurück im Wohnzimmer bereitete Cleo den Fernseher und die Festplatte vor, sodass sie nachher nur noch auf *Play* drücken mussten. Und weil sie gerade dabei war, nutzte sie die Zeit, ein paar Folgen von der Festplatte auf DVDs zu kopieren, zumindest die, die sie noch nicht gesehen hatte. Ihr Magen knurrte. 19.15 Uhr.

Komisch, Anja müsste längst hier sein.

Sie schrieb ihr eine SMS: »Wo bleibst du denn? ICH HABE HUNGER! Alles ist fertig.« Senden, warten...

Doch es kam keine Antwort. Das war komisch, denn Anja antwortete eigentlich immer sofort. Ungeduldig klimperte Cleo mit ihren lackierten Fingernägeln auf dem Display ihres Handys. Schließlich rief sie Anja an und ließ es so lange klingeln, bis die Mailbox ansprang.

»Hier ist die Mailbox von Anja Diekamp. Sag einfach, was du auf dem Herzen hast, ich rufe zurück.«

Immer noch dieser bescheuerte Text, dachte Cleo und schwieg.

19.20 Uhr. Wahrscheinlich hatte sich mal wieder eine Problem-Klette an Anja festgebissen. Anja liebte Problemgespräche jeglicher Art und ließ nie eins aus. Mehr noch, sie zog sie magisch an, war quasi der Problemmülleimer der ganzen Schule. Wie oft war sie deshalb schon zu Verabredungen zu spät gekommen. Cleo knallte ihr Handy in die Sofaecke, setzte sich an den Küchentisch und fing mit dem Gemüseschneiden an.

Oder sie hat den Bus verpasst und ihr Handy liegen lassen. Hatten wir vielleicht 20 Uhr ausgemacht?

Leise zur Musik summend schnippelte sie die Gurke in dünne Streifen. Von draußen drang Gewittergrollen. Sie schnitt den Thunfisch. Die ersten Regentropfen prasselten gegen das Küchenfenster. Jetzt die Avocado.

Wow! Der Donner war echt heftig!

Cleo legte das Messer hin, wischte sich die Hände am Lappen ab und trat an die Terrassentür. Binnen Sekunden verwandelte sich der zögerliche Regen in einen mächtigen Schauer. Durch den Wasserschleier sah Cleo, wie Tropfen auf die Terrassenmöbel prasselten.

Das dumpfe Plätschern auf Mamas selbst genähten Polstern weckte ihr schlechtes Gewissen. Kurz überlegte sie, ob sie die Möbel noch schnell in den Schuppen stellen sollte, entschied sich dann aber dagegen. Bis Sonntag waren die wieder trocken, das passierte ihr schließlich nicht zum ersten Mal.

20 Uhr. Sie überlegte, ob Anja ihre Verabredung vielleicht komplett vergessen haben könnte, verwarf den Gedanken aber sofort wieder. Sie hatten heute Morgen in der Schule noch drüber gesprochen und versucht rauszubekommen, in welchen Club Robert und Tobi gehen wollten. Sie trat wieder ins Wohnzimmer und holte ihr Handy, um es bei Anja zu Hause zu probieren. Niemand hob ab, also sprach sie auf den Anrufbeantworter: »Hey Anja, wo bist du? Meld dich, wenn du das hörst.« Ein erneuter Donner erschütterte das Haus. Das Gewitter war direkt über ihr.

Hoffentlich ist ihr nichts passiert.

Mit verschränkten Armen stand Cleo vor der Küchenanrichte und merkte, wie Wut und Sorge sich mischten. Was, wenn sie schon mit Robert unterwegs war? Immerhin wohnte er direkt auf dem Weg hierher und falls sie sich getroffen hatten und er sie irgendwie eingeladen hatte oder so ... Sie lief dem Kerl seit über sechs Monaten hinterher. Aber nein, Anja war nicht der Typ, der einfach eine Verabredung vergessen würde. Verspäten ja, aber nicht vergessen. Zumindest eine SMS würde sie schreiben, sich irgendwie melden ...

»Scheiße!«, rief Cleo und stopfte sich eine Gurke und ein Stück rohen Fisch in den Mund. Es schmeckte widerlich!

3. Kapitel

Katharina schob den elektrischen Nassschrubber über den Gang des gerichtsmedizinischen Instituts. Das Summen des Motors und die leichte Vibration in ihren Handflächen beruhigten sie.

Kritisch blickte sie zurück auf die nass glänzende Spur, die sie auf dem Linoleum hinterlassen hatte. Es war die letzte von vier Spuren, der Flur war nicht besonders breit. Da sie vorher mit einer Rasierklinge und einem Speziallösungsmittel die größeren Unreinheiten beseitigt und sogar die grünen Lämpchen abgewischt hatte, glänzte der Flur nun makellos im gleißenden Neonlicht.

Er hatte drei verschiedene Grautöne: der Aufzug und die Türen, die zu den Büros und Laborräumen führten, waren dunkelgrau, Wände und Decke hellgrau und der Boden mittelgrau. Lediglich die kleinen Notausgangslämpchen leuchteten grün und die Knöpfe des Aufzugs gelb. Die Sauberkeit löste auch heute trotz allem ein Wohlbehagen in ihr aus.

»Bist du Sabrina? Deine Schwester ist gestorben.«

Katharina drehte sich hastig um, als könnte sie der Erinnerung entkommen. Sie packte den Griff des Schrubbers mit beiden Händen und zog die letzte Spur bis zum Ende des Flurs, wo sich der Eingang zum Seziersaal befand. Sie durfte heute keine Pausen einlegen. Die Bilder des Abends mussten auf Abstand gehalten werden.

Konzentriere dich. Schritt für Schritt, alles wie gewohnt, dann haben die Bilder keine Chance.

Am Ende des Gangs schaltete sie den Schrubber aus und widerstand dem Bedürfnis, noch einmal zurückzublicken. Mittels Eingabe des Geheimcodes öffnete sie die Tür zum Seziersaal und sog die in der Luft liegende Mischung aus Desinfektionsmittel und Essigreiniger ein, bevor sie die Lichtschalter betätigte. Sie liebte diesen Moment, wenn sich die vielen Lampen nach getaner Arbeit in dem blank geputzten Stahl der Seziertische spiegelten. Ganz hinten, über dem Eingang des Leichenkühlraums, blinkte eine kaputte Neonröhre. Sie hatte dem Hausmeister bereits eine Nachricht ins Fach gelegt und hoffte, dass er es morgen beheben würde. Es störte sie. Ansonsten war sie zufrieden. Im ganzen Raum war kein Kalk- oder Blutfleck mehr zu sehen, sie hatte gute Arbeit geleistet – wie immer.

Sie betrat den Saal erst, nachdem sie ihre Schuhsohlen auf Schmutz untersucht hatte, nahm dann ihren Rucksack vom Haken, schob einen Stuhl vor einen der

Schreibtische an der Wand und setzte sich. Anschließend holte sie ihre Thermoskanne aus dem Rucksack und schraubte den Deckel ab. Dann goss sie sich Kaffee ein – vorsichtig, um ja keine Spuren zu hinterlassen. Schließlich wickelte sie ihr Leberwurstbrot aus und lehnte sich zurück. Erst trank sie einen Schluck Kaffee, dann biss sie in ihr Wurstbrot.

Dieses Geräusch, als Anja die Treppe runtergefallen ist. Dumpf war es, erstaunlich dumpf.

Sie atmete dreimal tief durch. Warum saß sie eigentlich noch hier? Zu den Toten konnte sie heute auf keinen Fall. Das würde sie gar nicht aushalten. Als sie den Kaffeebecher zum Mund führte, merkte sie, wie sie zitterte. Andererseits – nach Hause konnte sie auch nicht. In allen Ecken würde dort die Erinnerung lauern.

Und was, wenn Anja schon vor der Beerdigung entdeckt würde? Womöglich würde sie dann heute noch eingeliefert. Katharina sah durch das Souterrainfenster auf den erleuchteten Haupteingang. Draußen war alles ruhig. Im Erdgeschoss des Instituts waren die Fenster dunkel. Nur im Ruheraum der diensthabenden Ärztin im ersten Stock leuchtete die Deckenlampe. Ihr Licht vermischte sich mit dem blauen Flackern der Überwachungsmonitore.

Die Kamera des Seziersaals hing unter der Decke und Frau Dr. Klinkenberg beobachtete Katharina vielleicht in diesem Moment. Das störte sie nicht weiter, denn sie hatten ein gutes Verhältnis. Die Ärztin duldete Katharinas Brotzeiten und Leserituale. Einmal hatte sie sogar zu ihr gesagt: »Gute Arbeit braucht geruhsame Pausen.«

Von ihren Besuchen im Kühlraum durfte die Klinkenberg allerdings nie etwas erfahren. Die waren nur möglich, wenn die Ärztin arbeiten musste. In schwülen Nächten wie diesen waren die Verbrecher besonders aktiv. Eigentlich war es ein guter Tag für einen Besuch bei den Toten. Aber zum ersten Mal hatte sie Angst davor.

Ihr Mund war trotz des Kaffees so trocken, dass sie das Leberwurstbrot nicht runterkriegte. Wie ein Lehmklumpen lag es in ihrem Mund. Sie versuchte, möglichst ruhig durch die Nase zu atmen.

Warum hat Anja auch diese verdammten Schuhe angehabt? Drei Millimeter, höchstens vier, und sie hätte das Geländer noch erwischt.

Katharinas Herz raste und sie bekam keine Luft mehr. Sie sprang auf, rannte zum Mülleimer in der hintersten Ecke und spuckte den Wurstbrotklumpen hinein. Eine Weile blieb sie noch über den Eimer gebeugt stehen und atmete kräftig durch. Dann klaubte sie den Brocken wieder heraus, ging durch den riesigen Saal zurück zu ihrem Platz und steckte ihn in die Brotdose. Sie packte ihre Sachen zurück in den Rucksack. Obwohl sie keinerlei Spuren hinterlassen hatte, schnappte sie sich den Putzlappen, der immer griffbereit an einem Haken ihres Gürtels hing, und wischte über den Tisch. Nur das

Klicken der kaputten Neonröhre und der tiefe Brummton des Reservaten-Kühlschranks waren zu hören.

In diesem Moment vernahm sie das Knirschen der Kieselsteine. Sie hörte sofort am Geräusch, dass das nicht der Leichenwagen war. Anja konnte es also noch nicht sein. Sie atmete auf. Kurz darauf sah sie das Polizeiauto vorfahren. Vor dem Eingang hielt es und zwei Beamte stiegen aus. Katharina kannte beide, vor allem den Kleinen, den sie wegen seiner Grobheit nicht leiden konnte.

Die Polizisten holten zwei hagere Männer aus dem Fond und führten sie in Handschellen die Treppe hinauf. Dabei zerrte der kleine Beamte am Ellenbogen seines Gefangenen, obwohl der völlig friedlich neben ihm herlief. An ihrer abgewetzten Kleidung und dem leicht geduckten Gang erkannte Katharina, dass es sich bei den Verbrechern lediglich um zwei Säufer handelte, die schnell zu Geld hatten kommen wollen oder Ähnliches. Für eine Schlägerei waren sie zu unversehrt und für ein größeres Verbrechen zu harmlos. Mittlerweile hatte sie so viel Erfahrung, dass sie mit ihrer ersten Einschätzung meist richtig lag.

Wie absurd eigentlich. Ob ich in mir sofort eine Mörderin sehen würde?

Mörderin. Das klang absurd. *Mörderin. Mörderin.* Je öfter sie das Wort dachte, umso beängstigender erschien ihr alles. Sie fragte sich, ob sie auch von dieser Unruhe geplagt worden wäre, wenn nicht Anja, sondern wie geplant ihr Vater in Teichmanns Grab liegen würde. Sie fing an zu zittern.

Schluss jetzt! Reiß dich zusammen!

Sie blickte aus dem Fenster und sah die vier Menschen im Eingangsbereich verschwinden. Zweimal Blut abnehmen, Fingerabdrücke, Speichelproben... Viel mehr gab es bei denen nicht zu tun. Die Ärztin war also höchstens dreißig Minuten beschäftigt.

Sie schaute auf die Uhr: 23.05. Dass gerade zur richtigen Zeit Beschäftigung für die Klinkenberg reinkam, erleichterte Katharina die Entscheidung. Schnell holte sie ihren Pullover aus dem Rucksack, zog ihn über und wechselte die alten Handschuhe gegen ein Paar neue. Vor dem Kühlraum gab sie den Code ein, doch diesmal löste das Surren der elektrischen Tür nicht das gewohnte vorfreudige Kribbeln aus. Dazu war sie heute viel zu aufgewühlt.

Das Licht ging automatisch an und sie trat ein. Dank des Wollpullis machte ihr die Kälte nichts aus. Der Boden war bereits getrocknet. Als sie ihre tägliche Schicht im Leichenkühlraum begonnen hatte, hatte sie den Neuzugang in der zweiten Reihe ganz rechts bereits bemerkt. Ihr war sofort aufgefallen, dass die Tür besonders viele Schmierspuren rund um den Griff aufwies, als wäre sie häufig auf- und zugemacht worden. Doch jetzt blitzte die Tür sauber und rein wie all die anderen.

Auf der Liste links neben der Tür las sie die Daten

von Kühlzelle 6: *913/706/22.06.2011 – Mischeder, Henriette.*

Wunderbar, sie lag in der zweiten Reihe von unten, Katharinas Lieblingsreihe. Heute hätte sie keine Nerven dazu gehabt, die Leiche erst mit dem Hubwagen auf die richtige Höhe zu bringen. Sie entriegelte das Schubfach und zog die Teleskopliege so weit heraus, bis die Tote in ihrem grauen Plastiksack in ganzer Länge vor ihr lag.

Sie zögerte erneut. Ihre Hände zitterten. Sollte sie sich heute wirklich eine zweite Leiche anschauen? Sie durfte jetzt nicht aufgeben, musste das tun, was sie jeden Abend tat. Die Routine war das Einzige, was ihr Halt gab. Ihr musste sie treu bleiben. Nur so würde sie den Tag, die Nacht, den Morgen, die Woche überstehen. Sie drückte Daumen und Zeigefinger so fest auf ihre geschlossenen Lider, bis sie bunte Farben sah. Es wirkte. Einmal tief Luft holen – und los.

Während sie den Reißverschluss öffnete, starrte sie wie gebannt auf den Leichensack. Wie immer in diesem Moment hatte sie keine Ahnung, was sie erwartete. Ihr Atem ging flach, die Anspannung schnürte ihr die Kehle zu.

Immer weiter, nicht nachdenken.

Als sie den Plastiksack zur Hälfte geöffnet hatte, legte sie das Gesicht der Toten frei und entspannte sich. Der Anblick war harmlos. Sie schätzte sie auf Mitte 40. Ihr halblanges braunes Haar war leicht gelockt, die

Ohren eng anliegend und die kleine Nase ebenmäßig geformt. Katharina konnte sich gut vorstellen, dass sie früher einmal sehr schön gewesen war. Doch jetzt war ihr Gesicht aufgedunsen und von spinnenförmigen Blutgefäßen übersät, sogenannten Spider Naevi. Sicher war sie Alkoholikerin gewesen.

An der linken Schläfe befand sich ein Einschussloch. Sie untersuchte es und fand schwarze Pulversprengungen und einen kräftigen Brandhof. Der Schuss war aus unmittelbarer Nähe abgegeben worden, meist ein untrügliches Zeichen für Selbstmord. Sanft streichelte Katharina die eingefallenen Wangen.

»Warum warst du so unglücklich?«

Sie strich über die dünnen Haare und betrachtete die Tote dabei nachdenklich. Dieser Frieden, diese Ruhe, diese Endgültigkeit. Die Toten taten ihr gut und gaben ihr Kraft, immer wieder.

Sie entschied sich, den Sack nicht weiter zu öffnen, denn sie musste die Leiche nicht näher untersuchen. Der Fall war einfach. Sie schloss den Reißverschluss und schob die Tote auf den leicht gleitenden Schienen zurück in ihre kalte dunkle Höhle.

Das Polizeiauto stand noch immer vor dem Haupteingang. Katharina blickte auf die rot leuchtende Digitaluhr, die über der Tür hing. 23:20 Uhr. 15 Minuten hatte sie für die Untersuchung gebraucht und es blieb genug Zeit für den Obduktionsbericht. Dafür erneuerte sie nochmals ihre Handschuhe und ließ den Computer hochfahren. Zum Glück stand der direkt unter der Kamera und war damit unsichtbar. Sie warf einen prüfenden Blick durch den Raum und setzte sich so hin, dass sie jede Bewegung im Eingangsbereich im Blick hatte.

»Bist du Sabrina?«

Katharina schüttelte sich, als wollte sie die Frage loswerden wie ein Hund das Wasser aus seinem Fell. Endlich war der Computer so weit. Sie tippte die Kennung und das Passwort des Institutsleiters ein und dankte dem Himmel, dass der seine persönlichen Daten schön säuberlich unter der Tastatur aufbewahrte.

Sie klickte sich durch die Ordner des heutigen Datums und fand den gesuchten Unterordner *Mischeder, Henriette* und darunter das Dokument: *Obduktion_vorläufig*. Nachdem sie den Ordner geöffnet hatte, stellte sie fest, dass das gerichtsmedizinische Team der Tagesschicht zu demselben Ergebnis gekommen war wie sie: Suizid und Verdacht auf Alkoholabhängigkeit. Schnell druckte sie den Bericht für ihre Mappe aus.

Wieder ein Erfolg, freute sie sich und malte kurzerhand einen Smiley auf das Papier. Aber was half es ihr, dass ihre Untersuchungsergebnisse so einwandfrei waren wie früher in der Schule ihre Hausaufgaben – jetzt, da aus ihr eine Mörderin und keine Gerichtsmedizinerin geworden war? Achtlos wie nie pfefferte sie den Bericht in ihre fast volle Mappe und stopfte diese zurück in den Rucksack.

Was sollte sie jetzt tun? In der Regel ging sie nach Hause, sobald alles geputzt war und sie die Toten untersucht hatte. So sollte es auch heute sein. Einfach nur an der Routine entlanghangeln, dann konnte ihr nichts passieren. Außerdem wollte sie definitiv nicht auf Anja treffen und das wurde umso wahrscheinlicher, je länger sie sich hier aufhielt. Sie nahm ihre Sachen vom Haken und verschwand, noch bevor die Beamten und die Ärztin mit ihren zwei Kleinkriminellen fertig waren.

4. Kapitel

Cleo wachte auf und fühlte sich, als hätte sie ein Lastwagen überrollt. Der Wecker zeigte 8 Uhr. Kein Wunder, dass sie so k.o. war: Für einen Wochenendmorgen war es mitten in der Nacht. Sie drehte sich um und zog sich das Laken wieder über die Schultern. Im gleichen Moment schoss es ihr durch den Kopf: *Anja!* Augenblicklich war sie hellwach und setzte sich auf.

Anja hatte sie tatsächlich versetzt! *Krass!* Und noch nicht mal eine einzige SMS hatte sie beantwortet. Nach jeder *How I met your mother*-Folge hatte Cleo ihr eine Nachricht geschrieben, bis sie schließlich vor dem Fernseher eingeschlafen war. Jetzt erinnerte sie sich, wie sie mitten in der Nacht auf dem Sofa aufgewacht und ins Bett gestolpert war. Wahrscheinlich hatten Anja und die anderen im Club richtig viel Spaß gehabt und sie einfach hier sitzen lassen. Wütend ließ sie sich zurück auf die Matratze fallen und zog sich das Laken über den Kopf.

Die sollen mir doch alle gestohlen bleiben.

Ein paar Minuten wälzte sie sich hin und her. Jetzt einschlafen und alles vergessen, das wär's. Aber es wollte einfach nicht klappen. Wut, Enttäuschung und die Angst, tierisch was verpasst zu haben, hielten sie wach und trieben sie trotz dieser unmenschlichen Zeit aus dem Bett. Wenn sie schon nicht schlafen konnte, sollte Anja es erst recht nicht.

Sie ging ins Wohnzimmer, fischte ihr Handy aus der Sofaritze und schaute auf das Display. Keine SMS, kein Anruf!

Die spinnt wohl!

Als wäre das Handy schuld an ihrer Misere, hämmerte Cleo wütend auf die Tasten. Bei Anja ging wieder nur die Mailbox ran. Um den blöden Text nicht hören zu müssen, legte sie schnell wieder auf und versuchte es bei Anja daheim. Nach drei Freizeichen hob jemand ab.

»Diekamp.«

»Guten Morgen, Herr Diekamp, hier ist Cleo.«

»Cleo! Seid ihr aus dem Bett gefallen, oder was?« Lachen. »Was gibt es denn?«

Sie hatte Anjas Stiefvater noch nie besonders gut leiden können. Sein Lachen klang immer gekünstelt und seine ganze Statur machte ihr Angst. Er war groß und kräftig, irgendwie unberechenbar. All das spiegelte sich sogar in seiner Stimme wieder.

»Ist Anja da?«

»Anja? Die ist doch bei dir, soviel ich weiß.«

»Sie wollte gestern Abend kommen, aber dann hat sie es sich wohl anders überlegt.«

»Hmmm ... komisch. Hier ist sie auch nicht. Hast du es schon bei euren Freunden probiert?«

»Das mache ich jetzt, danke.«

»Okay. Tschüss.« Er legte auf.

Cleo schüttelte den Kopf. Der war ja ganz schön gelassen, wenn man bedachte, dass Anja eine Nacht lang wer weiß wo gewesen war. In dem Moment fiel ihr ein, dass Anja vor zwei Tagen irgendwas über ihren Stiefvater gesagt hatte. Was war das noch mal gewesen? Sie nahm ihr Handy und öffnete den Ordner mit den eingegangenen Nachrichten. Da, eine SMS von Anja, am Mittwoch um 21 Uhr: »Bitte erzähl NIEMANDEM von der Stvater-Sache. Muss erst noch forschen. Da ist was faul. Freitag mehr. A.«

Vage erinnerte sich Cleo an Mittwochnachmittag: Sie hatte am Computer gesessen, vertieft in den Musical-Probenplan, und Anja hatte plötzlich in ihrem Zimmer gestanden und etwas von einer Entdeckung auf dem Dachboden erzählt. Ihr Stiefvater hätte gelogen oder so was. Cleo sah Anja jetzt genau vor sich, mit ihrem grünen Tagebuch und Fotos in der Hand. Cleo hatte aber zu diesem Zeitpunkt überhaupt keinen Nerv, sich Psychokram anzuhören. Sie hatte Anja regelrecht abserviert und etwas gemurmelt wie: »Muss das jetzt sein?«

Anja war daraufhin sofort gegangen. Das hatte sie

noch nie getan. Am Abend kam dann noch diese SMS und Cleo hatte sich vor dem Einschlafen fest vorgenommen, sie gleich am nächsten Morgen darauf anzusprechen. Sie erinnerte sich jetzt genau. Und auch daran, dass sie das mal wieder vergessen hatte. *Mist!* Sie versuchte, ihr schlechtes Gewissen zu ignorieren, das konnte sie jetzt nicht gebrauchen. Und überhaupt: Wenn einer heute ein schlechtes Gewissen haben musste, dann ja wohl Anja.

Cleo rief ihre gemeinsamen Freundinnen und Freunde an. Miri hob nicht ab, Ela hatte gestern überhaupt niemanden gesehen, weil sie krank im Bett lag, und Lara hatte keine Ahnung, wo Anja sein konnte. Kurz zögerte Cleo, auch die Jungs anzurufen. Sie wusste, dass Anja das unangenehm wäre. Die Sache mit den Jungs war hochkompliziert. Die konnte man nicht einfach mal anrufen. Das musste gut überlegt sein. Für Robert schwärmte Anja, mit Ben hatte sie Schluss gemacht und Timo lief seit Jahren hinter ihr her. Trotzdem rief Cleo alle drei an, allerdings ohne Erfolg. Niemand hatte Anja gesehen und alle hatten sie gestern im Club vermisst.

Langsam beschlich Cleo die Angst, dass etwas passiert sein könnte. Sie ließ sich aufs Sofa fallen und starrte auf ihr stummes Handy, als könnte sie auf diese Weise Anja zwingen, sich zu melden. Kurz überlegte sie, ob sie noch mal bei ihr zu Hause anrufen und mit der Mutter sprechen sollte, entschied sich aber dagegen. Stattdessen zog sie sich an und machte sich auf den Weg zu den Diekamps. Vielleicht würde sie ja in Anjas Zimmer einen Hinweis finden, irgendwo musste sie schließlich sein…

5. Kapitel

In dem geschlossenen Heim war der Nassschrubber nicht elektrisch und Katharina musste seine Fransen immer wieder aufs Neue ins Wasser tauchen, auswringen und damit den Boden befeuchten. Sie hatte das Gefühl, auf diese Weise den Dreck eher gleichmäßig zu verteilen, und ihr Reinlichkeitsgefühl am Ende der Schicht war immer nur halb so beglückend wie im gerichtsmedizinischen Institut. Doch im Moment war ihr jede Ablenkung recht.

Langsam wischte sie die langen Gänge. Sie hatte viel mehr Zeit als üblich. Normalerweise fuhr sie zwischen den Schichten nach Hause, doch heute konnte sie nicht, hatte Angst vor den Bildern und war einfach über Nacht in Gießen geblieben. Sechs Stunden war sie zu Fuß ziellos unterwegs gewesen, während alle anderen schliefen. Das Laufen hatte ihr gutgetan, doch nun steckte ihr die durchwachte Nacht in den Knochen.

Trotzdem hatte sie bereits um kurz vor sechs mit der

Arbeit angefangen. Leise und unauffällig, damit sie die Bewohner nicht aufweckte. Eintauchen, auswringen, wischen – nach rechts, im Bogen nach links, einen Schritt vor, wieder nach rechts. Die Bewegungen hielten die Bilder auf Abstand. Wenn sie einfach weitermachte, konnte ihr nichts passieren.

Gegen 7 Uhr kam langsam Leben in die Gänge. Die Schwestern der Frühschicht lösten die Nachtschwestern ab, die ersten Bewohner verließen ihre Zimmer. Herr Welters aus der 14 lief schweigend neben ihr her. Sie mochte ihn sehr.

»Guten Morgen, Katharina«, rief Schwester Barbara, die frisch und ausgeruht ihre Schicht begann. »Alles gut heute?«

»Ja.«

»Und Sie, Herr Welters, belästigen Sie unsere Katharina wieder?« Schwester Barbara zwinkerte schelmisch, sie meinte es nicht so. »Gehen Sie in Ihr Zimmer und ziehen Sie sich an. Gleich gibt es Frühstück.«

Damit verschwand sie im Schwesternzimmer. Herr Welters grunzte und blieb stehen.

»Ich wünsche Ihnen einen angenehmen Tag, Herr Welters«, sagte Katharina.

»Das wünsche ich Ihnen auch, Frau Katharina. Ich liebe Sie.«

Katharina lächelte. Jeden Morgen dieselben Worte. Alles war wie immer, alles war gut.

Inzwischen war es genau 7 Uhr, die beste Zeit für

Zimmer 10. Die Schwestern waren mit der Ablösung und dem Frühstück beschäftigt, deshalb konnte sie ein paar Minuten ihr Lieblingsritual abhalten. Sie brachte den Schrubber und den Eimer zurück in die kleine Putzkammer und lief den Gang hinunter. Gut, dass Mamas Zimmer etwas abseits lag. Aus diesem Grund hatte noch niemand Katharinas besonderes Interesse an Zimmer 10 bemerkt. Kaum hatte sie die Tür geöffnet, als auch schon Frau Wittich auf sie zugerannt kam.

»Die Heilige. Da ist sie, die Heilige. Und sie ist pünktlich, pünktlich, du bist so pünktlich. Nur am 2. Januar, da warst du sechs Minuten zu spät, weißt du noch? Am 2. Januar ...«

Sie fuchtelte wild mit den Armen in der Luft, um ihren Worten Nachdruck zu verleihen. Es verging kein Tag, an dem sie diese Verspätung nicht erwähnte.

»Am 2. Januar sind die Busse nicht gefahren, können Sie sich erinnern? Das Glatteis.«

»Ja natürlich, das Glatteis. Heute ist kein Glatteis.« Frau Wittich schaute glücklich aus dem Fenster. Auf die Betonfassade von Block C fielen Sonnenstrahlen, es würde ein schöner Sommertag werden. Ihr dünnes graues Haar hing hinunter bis zu ihrer Taille und war bereits gekämmt, eine Beschäftigung, der sie gleich nach dem Wachwerden mit Akribie nachging.

»Guten Morgen, Frau Meinhard«, sagte Katharina und strich der Dame, die noch im Bett lag, über das

Haar. Es klebte glatt und fettig an der Kopfhaut. »Wie geht es Ihnen heute?«

»Ihr geht es nicht gut. Sie hat wieder geträumt«, antwortete Frau Wittich ungefragt.

»So? Hat sie denn gesprochen?«

»Ja, immerzu was gerufen.«

»Und was?« Katharina versuchte, sich ihre Unruhe nicht anmerken zu lassen.

Frau Wittich stellte sich mitten in den Raum, breitete die Arme aus und rief theatralisch: »Wartet! Wartet! Ich will auch mit!«

Sie nahm die Arme wieder runter und blickte bekümmert drein. Katharina war erleichtert, Mama hatte nichts Verräterisches gesagt. Auch wenn Frau Wittich äußerst verwirrt war, konnte sie einiges aufschnappen.

»Ich werde ab morgen ihre Dosis erhöhen. Eine Tablette mehr am Tag wirkt sicher Wunder, du wirst sehen.«

»Ja, das ist eine gute Idee, Frau Wittich«, sagte Katharina.

Obwohl sie sich ein Einzelzimmer für ihre Mutter wünschte, hatte sie Frau Wittich in ihr Herz geschlossen. Es rührte sie jedes Mal, wenn die Patientin sich als Heimleiterin ausgab, Medikamente verschrieb und Therapien verordnete. Mehrere Jahre wurde sie nun schon zwischen der Psychiatrie und dem geschlossenen Heim hin und her geschubst. Sie bekamen ihre Psychose einfach nicht in den Griff. Angehörige hatte sie keine.

Mama wird hier wieder rauskommen, sie nicht.

Katharina führte Frau Wittich behutsam ans Waschbecken. Sie war zart wie eine Feder, egal wo man sie anfasste, fühlte man Knochen.

»Ziehen Sie sich bitte Ihr Nachthemd aus. Heute fange ich mit Ihnen an.«

»Ach wie schön, ich bin die Erste. Ich hab ja auch noch so viel zu tun.«

Katharina ließ lauwarmes Wasser ins Waschbecken laufen und wusch Frau Wittichs Gesicht und ihren Oberkörper mit einem weichen Waschlappen. Sie liebte diese Routine. Am liebsten würde sie sich den ganzen Tag in diesem Zimmer verkriechen.

»Anziehen will ich mich heute selber.«

»Wunderbar. Wir sind jetzt fertig.«

Frau Wittich stellte sich vor den Kleiderschrank, öffnete ihn und betrachtete ihre Garderobe. Währenddessen füllte Katharina Wasser in eine Plastikschüssel, holte einen neuen Waschlappen aus der Schublade und setzte sich auf die Bettkante neben ihre Mutter. Die zeigte keine Regung. Katharina nahm den linken Arm und fing an, behutsam mit dem feuchten Lappen darüberzureiben. Der herunterhängende Hautlappen am Oberarm wackelte bei jeder Berührung.

»Haben Sie heute wieder geträumt?«

Keine Antwort.

Katharina trocknete den Arm ab und legte ihn behutsam zurück auf die Bettdecke.

»So, nun den rechten. Wollen Sie sich nicht mal umdrehen?«

Ihre Mutter drehte sich auf den Rücken, ohne dabei die Augen zu öffnen. Aber sie legte immerhin ihren rechten Arm in Katharinas Schoß. Mit sanften Bewegungen wusch sie ihn.

Frau Wittich war im Hintergrund mit dem Ankleiden beschäftigt und Katharina nutzte die Chance, sich vorzubeugen und ihrer Mutter ins Ohr zu flüstern: »Mama, du musst mir jetzt zuhören, es ist wichtig.«

Ihre Mutter atmete laut ein und Katharina wertete das als Zustimmung.

»Es ist anders gelaufen als besprochen. Alles wird gut, es dauert nur ein bisschen länger, mach dir keine Sorgen, wirklich nicht.«

»Was flüsterst du denn da?«

»Nur ein Märchen, Frau Wittich. Das langweilt Sie nur.«

Frau Wittich gab einen unwirschen Ton von sich. Sie hatte eine lilafarbene Trainingshose und einen blauweiß karierten Pulli angezogen. Es tat regelrecht weh, sie anzusehen.

»Ich gehe jetzt frühstücken. Ich wünsche dir noch einen schönen Tag. Bis morgen.«

»Das wünsche ich Ihnen auch.«

Sie verließ den Raum.

»Jetzt sind wir alleine, Mama«, sagte Katharina erwartungsvoll, als würde das irgendetwas ändern. Tat es aber nicht. Ihre Mutter zeigte keine Reaktion. Dabei hätte Katharina heute so dringend irgendein Zeichen von ihr gebraucht.

»Bitte, Mama, sprich mit mir, nur dieses eine Mal. Ich brauche dich. Es ist was passiert. Weißt du, ich …«

Katharina hielt inne. Ihre Mutter begann, mit ihren Fingern an der Bettdecke zu zupfen. Sie durfte sich auf keinen Fall aufregen. Behutsam strich Katharina über die unruhigen Finger.

»Bleib ganz ruhig, Mama. Es ist nichts Schlimmes, aber du musst mir jetzt zuhören.«

Sie zog die Bettdecke zurück und setzte ihre Mutter aufrecht hin. Dafür musste sie all ihre Kraft aufwenden, denn ihre Mutter hatte immer noch enormes Übergewicht. *Jetzt noch das Nachthemd über den Kopf.* Schließlich wusch sie ihr den Oberkörper, erst den Rücken, danach die Brust.

»Gestern hätte es passieren sollen. Weißt du noch, was wir besprochen haben? Dass du gesund wirst, wenn er weg ist, und dass du hier rauskommst. Doch jetzt dauert es noch ein bisschen. Es ist was schiefgegangen. Aber bald ist alles gut und du kannst wieder sprechen. Nur noch ein bisschen warten, nicht lange, versprochen.«

Kurz glaubte sie, eine Regung in den Augen ihrer Mutter gesehen zu haben. Vielleicht war es aber auch nur ein Zucken des Lids und sie hatte sich getäuscht, wie so oft. Sie nahm das Handtuch und trocknete den nassen Rücken ab.

»Bald sind wir wieder zusammen, Mama, ich werde dich nicht enttäuschen.«

Sie legte ihre Mutter wieder hin, deckte sie zu, brachte die Waschutensilien fort und verließ den Raum – nicht ohne vorher gespäht zu haben, ob der Gang auch frei war. Gleich würde Schwester Barbara mit dem Frühstück kommen. Mama war eine der wenigen, denen das Essen ins Zimmer gebracht wurde, und spätestens dann musste Katharina verschwunden sein, um inkognito zu bleiben. Sie wäre wie jedes Mal gerne geblieben, um ihre Mutter zu füttern. Heute tat es regelrecht weh, dass das nicht möglich war.

Mittlerweile waren alle Patienten aufgestanden und die meisten saßen beim Frühstück. Zeit also für die Reinigung der Zimmer. Als Katharina das Wasser des Nassschrubbers erneuerte, ärgerte sie sich, Mama vom Scheitern des Plans erzählt zu haben. Die Gefahr, dass sie etwas verriet, womöglich im Traum etwas ausplauderte, war einfach zu groß. Mama war ihre einzige Schwachstelle, das war sie schon immer gewesen.

Um genau 10 Uhr reinigte sie das Schwesternzimmer. Hier lief den ganzen Tag das Radio und so konnte sie die Nachrichten hören. Während der Sprecher von dem Leichenfund bei einer Beerdigung berichtete, wischte Katharina mit einem weichen Staublappen das Regalbrett ab, auf dem das Radio stand. Gebannt lauschte sie den Worten und stellte fest, dass alles nach Plan lief... Nein, es lief nach Plan B. Wäre der eigentliche Plan aufgegangen, läge ihr Vater jetzt unter der Erde – für immer unentdeckt, und sie wäre erlöst.

Katharina schloss ihre Faust um den Lappen. Lähmende Enttäuschung überkam sie. So oft hatte sie sich ausgemalt, wie sie die Suche nach ihrem Vater und die Vermisstenmeldungen noch eine Weile verfolgen und dann ihre Mutter aus dem Heim nach Hause holen würde. Wie sie gemeinsam ein neues Leben beginnen würden, befreit und ohne Wut. Und jetzt stand sie hier, noch beschwerter als vorher, denn hinzu kam nun die Schuld.

Sie haben Anja bestimmt schon in die Gerichtsmedizin gebracht.

Ein kalter Schauer lief ihr über den Rücken, als sie sich vorstellte, wie Anjas Körper auf dem kalten Stahltisch lag.

»Katharina, geht es Ihnen nicht gut? ... Katharina?«

»Was?« Sie schreckte auf.

Schwester Barbara stand direkt neben ihr und sah sie strahlend an.

»Oh, ach ja ... nein, mir geht es gut. Alles bestens.«

Sie versuchte zu lächeln und wischte weiter die Regalbretter sauber.

6. Kapitel

Cleo stand am Gartentor des Diekampschen Grundstücks und blickte auf den Park und das gigantische Haus. Obwohl es bereits sommerlich warm war, fröstelte sie und zog die dünne Strickjacke enger. Wie oft hatte sie mit Anja hier gestanden und diesen nagenden Neid gespürt. Schon im Kindergartenalter, als sie gespielt hatten, Prinzessinnen und stolze Besitzerinnen eines Schlosses zu sein. Für sie ein Spiel, für Anja beneidenswerte Realität, ein Ungleichgewicht, das Cleo immer gestört hatte, obwohl der Reichtum ihrer Familie für Anja nebensächlich gewesen war.

Sie hörte ein Geräusch und sah kurz darauf die Katze aus dem Kellerfenster schlüpfen. Die Nacht nach Silvester kam ihr in den Sinn. Anja hatte ihren Schlüssel vergessen und sie hatten versucht, durch das kaputte Katzenfenster zu schlüpfen, wie früher, als sie noch klein gewesen waren. Beide waren sie stecken geblieben und aus dem Lachen nicht mehr rausgekommen.

Mit einem Ruck öffnete sie das Tor. Das vertraute Quietschen ertönte und Cleo erwartete, gleich Anjas Mutter zu sehen. Sie würde traurig sein, dass es nicht ihre Tochter, sondern nur deren Freundin war. Und tatsächlich: Anjas Mutter rannte die Eingangstreppe herunter und lief über die Wiese auf sie zu. Plötzlich hielt sie inne und Cleo erkannte ihre Enttäuschung.

»Hallo, Cleo. Gut, dass du kommst. Wo ist Anja?«

Sie trug einen Bademantel, ihr braunes Haar war ungewöhnlich zerzaust und sie sah blass aus. Sonst wirkte sie zu jeder Tageszeit wie aus dem Ei gepellt. Zum ersten Mal bemerkte Cleo Falten in ihrem Gesicht, vor allem rund um die Augen. Und Anjas Mutter schien plötzlich viel kleiner, denn sie stand barfuß vor ihr im Gras, ohne die üblichen hohen Absätze.

»Ich weiß leider auch nicht, wo Anja ist. Deshalb bin ich hier.«

»Ich habe schon überall angerufen, sogar die Verwandtschaft, aber keiner hat sie gesehen.«

»Ich hab's auch schon bei jedem probiert.«

»Komm rein, Günther spricht gerade mit der Polizei. Ich habe darauf bestanden, sie einzuschalten, obwohl er es übertrieben fand. Ich mache mir solche Sorgen!«

Cleo überlegte, ob sie ihr von Anjas Bemerkung erzählen sollte, erinnerte sich dann aber an die SMS und bekam Angst, Dinge in Bewegung zu setzen, von denen sie keine Ahnung hatte. Erst einmal musste sie in Anjas Zimmer.

Als sie die Eingangshalle betraten, kam der Stiefvater aus dem Wohnzimmer auf sie zu. Das Gespräch mit der Polizei schien beendet.

»Cleo! Hast du was von Anja gehört?«

Sie schüttelte den Kopf und wunderte sich. Beim Telefonat hatte er noch so desinteressiert geklungen und jetzt war er geradezu beunruhigt. Seine Größe und die Lautstärke seiner Stimme schüchterten sie wie immer ein.

»Habt ihr euch gestritten?«

Es klang wie ein Vorwurf und Cleo unterdrückte das Bedürfnis, einen Schritt zurückzuweichen.

»Nein.«

»Hatte sie sonst mit jemandem Streit?«

Sie schüttelte den Kopf.

»Was hat die Polizei gesagt?«, unterbrach Anjas Mutter das verhörartige Gespräch.

»Sie kommen, sobald sie Zeit haben. Ist wohl gerade viel los, irgendetwas mit einer Beerdigung, hab ich nicht ganz verstanden.«

Cleo brummte der Kopf. Sie brauchte Abstand zu ihm, sofort!

»Darf ich mal in Anjas Zimmer?«

»Aber natürlich. Geh schon mal vor, ich komme gleich nach«, sagte Anjas Mutter.

Das vertraute Zimmer war von Sonnenlicht durchflutet und aufgeräumt wie immer. Als sie beide noch jünger gewesen waren, zwölf oder dreizehn Jahre alt, hatte man hier kaum den Boden sehen können, so ein Chaos hatte geherrscht. Von einem Tag auf den anderen fing Anja dann an, penetrant Ordnung zu halten. Als Cleo sie gefragt hatte, ob sie krank sei oder so, hatte Anja nur mit den Schultern gezuckt. Die bunte Tagesdecke auf dem Bett war auch heute glatt gestrichen, auf dem Schreibtisch hatte sie zwei sauber geschichtete Stapel Schulsachen, der blank geputzte Holzfußboden glänzte im Sonnenlicht. Auf den ersten Blick sah Cleo nichts Außergewöhnliches.

Wenn sie wenigstens wüsste, wonach sie suchen sollte. Sie begann beim Schreibtisch und fand sofort Anjas Handy. *Merkwürdig,* dachte Cleo, *Anja geht niemals ohne ihr Handy aus dem Haus.* Im Posteingang befanden sich jede Menge ungelesene SMS, darunter auch ihre von gestern Abend, fünf von ihrer Mutter, drei von Miri und dann noch einzelne, alle nicht weiter wichtig. Im Ordner *Gesendete Nachrichten* befand sich die letzte SMS, die Anja verschickt hatte. Sie war an Lara gerichtet und um 18 Uhr versendet worden: *Gehe erst zu Cleo, dann kommen wir in den Club. See you.* Ohne viel zu überlegen, steckte Cleo das Handy in ihre Hosentasche. Das würde sie umgekehrt auch von Anja erwarten. Die Vorstellung, ihre Mutter oder ein Fremder könnte ihre SMS lesen, war ihnen beiden ziemlich unangenehm.

Sie kramte in den zwei Stapeln auf dem Schreibtisch,

auf der Suche nach irgendetwas, das einen Hinweis geben konnte. Aber außer Schulbüchern, Mitschriften und kleinen Briefchen, die sie sich im Unterricht geschickt hatten, fand sie nichts. Cleo drehte sich um und ging zum Regal: Bilderbücher, Kinderbücher, Nachschlagewerke, Romane. Anja las immer irgendein Buch. Sie brauchte das Lesen auch zum Einschlafen, was Cleo häufig nervte, weil sie immer lieber reden wollte.

Cleo zog eines der Bücher heraus, das keine Beschriftung auf dem Rücken hatte, wurde aber gleich darauf enttäuscht. Es war nur das Fotoalbum, das Miri Anja zum Geburtstag geschenkt hatte. War es der zwölfte oder der dreizehnte gewesen? Sie wusste es nicht mehr, konnte sich allerdings noch sehr gut daran erinnern, wie schrecklich eifersüchtig sie gewesen war, als sie diese Bilder zum ersten Mal gesehen hatte.

Es waren Fotos von einem gemeinsamen Wochenende, das Miri, Anja und ihre Mutter im Wochenendhaus von Anjas Familie verbracht hatten. Cleo war nicht dabei gewesen und hatte während dieser zwei Tage geheult und sich geschworen, nie mehr mit den beiden zu sprechen, vor allem nicht mit Anja. Sie hatte sich verraten und verkauft gefühlt. Erst hinterher hatte sie erfahren, dass Miris Mutter um dieses Wochenende gebeten hatte, weil sie alleinerziehend war und arbeiten musste.

Wie oft hatte Cleo sich schon gewünscht, sich in diesem Punkt ändern zu können. Sie rutschte immer wieder in diese Eifersucht hinein und konnte einfach nichts dagegen tun. Sogar jetzt, nach vier oder fünf Jahren, gab es ihr immer noch einen Stich, die Bilder anzuschauen. Eigentlich ein Wunder, dass Anja das alles hingenommen hatte, stoisch und mit einer unerschütterlichen Treue zu ihr.

Cleo schlug das Fotoalbum zu und stellte es zurück ins Regal. Rechts daneben standen die Hörbücher. Stundenlang hatten sie nachts wach gelegen und den ganzen Kram gehört. Schade eigentlich, dass sie das schon so lange nicht mehr gemacht hatten.

Viele Erinnerungen, aber kein einziger Hinweis.

Sie nahm willkürlich ein paar Bücher vom zweiten Brett, um zu schauen, ob sich dahinter etwas verbarg. *Volltreffer!* Vor ihr standen Anjas Tagebücher, sauber nach Jahreszahlen geordnet, in verschiedenen Größen und Farben. Vom Prinzessinnenbüchlein mit Goldschloss aus dem Jahr 2004 bis zum DIN-A4-Hardcover-Schreibheft mit der New Yorker Skyline darauf von 2011. Das aktuelle Tagebuch fehlte. Wie sah das noch mal aus? Das hatte sie doch neulich dabeigehabt, als sie diese Sache erzählen wollte. *Grün? Blau? Auf jeden Fall einfarbig.* Sie suchte die aufgereihten Tagebücher ab. Hier war es nicht.

Da, das rosafarbene mit dem Pferdekopf, das hatte Cleo ihr mal aus den Reiterferien mitgebracht. Zärtlich fuhr sie mit dem Zeigefinger über den Buchrücken. Es hatte Zeiten gegeben, da hatte Anja ihr aus ihren

Tagebüchern vorgelesen... Das war lange her. *Und überhaupt...* Wann hatten sie eigentlich das letzte Mal beste-Freundinnen-mäßig zusammengesessen, so wie es gestern geplant war? *Vor zwei Monaten? Drei?*

Sie wusste, dass sie vor allem selbst daran schuld war, weil sie so viele Aufgaben in der Musical-AG übernommen hatte. *Bescheuert eigentlich.* Sie war eifersüchtig auf alles, was Anja tat, obwohl das umgekehrt nicht der Fall war. Anja hatte problemlos akzeptiert, dass die Musical-AG Cleos Leben seit einem Jahr fast komplett ausfüllte. Wieder ein Ungleichgewicht.

Sie hörte jemanden die Treppe heraufkommen und stellte schnell die Bücher zurück in die erste Reihe.

»Was suchst du denn?« Es war Anjas Mutter. Sie reichte Cleo eine Tasse Tee.

»Danke. Ach, ich...« Sie nahm den Tee und trank einen Schluck, um Zeit zu gewinnen.

»Ich will einfach irgendeinen Hinweis finden.« Mehr fiel ihr nicht ein.

»Wo können wir sie denn suchen, Cleo? Du kennst sie doch am besten.«

»Wenn ich das wüsste. Sie hat sich gestern nicht bei mir gemeldet und im Club war sie auch nicht. Niemand hat sie gesehen. Ich verstehe das nicht.«

»Die Polizei wird hoffentlich bald kommen.« Anjas Mutter setze sich auf die Bettkante und blickte sich um. »Weißt du, was das Schlimmste ist? Wenn mich die Polizei gleich fragt, ob Anja Probleme hatte oder

Feinde... Ich werde keine Antwort haben. Ich weiß nichts, gar nichts!« Sie stützte ihre Ellenbogen auf die Oberschenkel und vergrub ihr Gesicht in den Händen. »Wahrscheinlich könnte sogar unsere Putzfrau mehr über sie erzählen.«

»Wieso denn die Putzfrau?«

Anja hatte tatsächlich in letzter Zeit öfter von dieser Katharina erzählt, wie nett sie sei und wie gut man sich mit ihr unterhalten könne. Schon spürte Cleo wieder die bekannte Eifersucht und schämte sich vor sich selbst.

Anjas Mutter blickte auf, ihre Augen glänzten vor Tränen. »Ach, das hab ich nur so dahingesagt, weil sie dieses Zimmer jede Woche putzt.«

Sie faltete die Hände in ihrem Schoß und saß ganz ruhig da, doch an ihrem Hals konnte Cleo erkennen, wie angespannt sie war. »Ich lebe nur noch für die Firma und sehe Anja viel zu wenig.«

Cleo fühlte sich unwohl. Sie nippte am Tee, mochte ihn aber nicht.

Anjas Mutter sprach weiter: »Sie wird im Laufe des Tages auftauchen, es kann gar nicht anders sein. Und dann werde ich alles ändern, mehr für sie da sein.«

»Ich muss gehen«, sagte Cleo und bewegte sich zögerlich Richtung Tür.

»Ach so, natürlich.« Anjas Mutter stand sofort auf und streckte Cleo ihre beiden Hände entgegen. Sie waren eiskalt.

»Ich geh zu Miri«, sagte Cleo, ohne gefragt worden zu sein. »Mal schauen, ob sie eine Idee hat.«

»Ja, das ist gut. Wir finden sie sicher bald.«

Als Cleo die Treppe herunterlief, klingelte das Telefon. Instinktiv blieb sie stehen. Sie hörte aus dem Wohnzimmer erst Schritte, dann die Stimme des Stiefvaters: »Diekamp?«

Hinter ihr näherte sich Anjas Mutter. »Ist das Anja? Günther? Wer ist dran?« Anjas Mutter rannte an Cleo vorbei zur Wohnzimmertür.

Im selben Moment ging diese auf und Anjas Stiefvater trat heraus. Er nahm seine Frau in die Arme und sagte leise, aber laut genug, dass Cleo es hören konnte: »Du musst jetzt sehr stark sein.«

Anjas Mutter löste sich aus der Umarmung, trat einen Schritt zurück und schrie ihren Mann an: »Was? ... WAS?«

»Du sollst in die Gerichtsmedizin nach Gießen kommen. Sie haben ein Mädchen gefunden, dessen ... Beschreibung auf ... auf Anja passt.«

»Und? Geht es ihr gut?«

Er blickte an ihr vorbei und sah jetzt erst Cleo, die erstarrt am Treppenabsatz stand und ihn anschaute.

»Sie ... also das Mädchen, das sie gefunden haben, ist ... tot.«

»Dann ist es nicht Anja«, sagte Anjas Mutter, nahm ihre Autoschlüssel und verschwand durch die Haustür nach draußen.

»Warte, ich begleite dich!«, rief Anjas Stiefvater und rannte seiner Frau hinterher. »Cleo, geh nach Hause, wir melden uns bei dir«, fügte er noch hinzu. Dann setzte er sich neben Anjas Mutter in den roten Sportwagen und weg waren sie.

Cleo trat wie in Zeitlupe aus dem Haus, die Sonne schien ihr ins Gesicht. Es war heiß geworden und völlig windstill, als hielte die Welt den Atem an.

7. Kapitel

Wie hypnotisiert lief Cleo durch den parkähnlichen Garten zum Wald, wo ihr Fahrrad stand. Die Stimme von Anjas Stiefvater dröhnte in ihrem Kopf und wollte einfach nicht verstummen.

Sie fuhr nicht zu Miri, wie angekündigt, sondern nahm den Trampelpfad, der sich mit den Jahren ihrer Freundschaft gebildet hatte und sie direkt zum Hochstand führte, dem Lieblingsort von Anja und ihr. Der Ausguck zog sie an wie ein Magnet. Er stand am Rand einer Lichtung, ein altes, morsches Holzgerüst, das längst kein Jäger mehr benutzte.

Hier war ihr Versteck gewesen, wenn sie als Prinzessinnen vor Drachen oder bösen Rittern fliehen mussten oder einen Ort brauchten, an dem sie so verbotene Dinge tun konnten wie zum Beispiel Gameboy spielen. Und dies war der Ort, an dem sie stundenlang ihre Welt auseinandergenommen und wieder zusammengesetzt hatten, wo sie über Jungs und andere Probleme quatschen konnten. Hier würden sie auch noch viele weitere Abende verbringen und ihre Kinder und Enkel spielen lassen, das war längst beschlossene Sache!

Um zur Leiter zu gelangen, musste sie über einen abgeknickten Baum steigen. Den hatte es wahrscheinlich gestern beim Gewitter erwischt, aber eigentlich hatte sie keine Ahnung, sie war so lange nicht hier gewesen. Vorsichtig stieg sie nach oben. Das Holz knarzte und Cleo fragte sich, ob die Sprossen sie noch halten würden. Wann waren sie das letzte Mal an diesem Ort gewesen? Es wollte ihr einfach nicht einfallen!

Unbeschadet kam sie oben an und stellte fest, dass alles noch fast unverändert war. Und jetzt fiel ihr auch wieder ein, wann sie das letzte Mal hier hinaufgeklettert waren: In der Nacht nach Silvester, nach der Kellerfensteraktion. Als sie sich von ihren Lachkrämpfen einigermaßen erholt hatten, hatten sie sich hier oben in Decken gewickelt. *Bitterkalt war's, aber richtig gut. Die Kerze war da allerdings noch nicht so weit runtergebrannt,* stellte sie fest. *Da muss in der Zwischenzeit noch mal jemand hier gewesen sein.* Ob Anja nicht nur mit ihr dieses Hochsitzritual teilte? Ein grässlicher Gedanke, den Cleo sofort verbannte.

Die Kissen hatten durch die Witterung ihre Farben verloren, die Decken waren übersät von Stockflecken und rochen muffig. Überall lagen kleine, abgebrochene Zweige und Tannenzapfen herum und in einer Ecke hatte eine Spinne ein gigantisches Netz gesponnen.

Cleo setzte sich auf die Decke und schob mit dem linken Fuß eine lockere Planke zur Seite. Ein verrosteter Nagel ragte aus dem einst selbst gehämmerten Abstelltischchen. Als sie ihn herauszog, kippte der Tisch nach links gegen die Wand. Das Feuerzeug rutschte hinterher. Sie durfte nicht so viel anfassen, sonst krachte der Hochsitz noch völlig zusammen. Das Holz war so brüchig geworden wie ihre Freundschaft.

Anja war die Sensible, die Feinfühlige, sie dagegen das Partygirl, immer auf Achse. Nichts ließ Cleo aus, gar nichts. Hatte sich deshalb im Laufe der letzten zwei Jahre ein kleiner Graben zwischen ihnen gebildet? Manchmal hatte sie schon so ein Gefühl, wollte es aber nicht sagen, denn wenn man etwas aussprach, wurde es schnell Wirklichkeit. Ob es Anja genauso ging?

Anja... Mein Gott, wo bist du nur? Das Mädchen, das sie gefunden haben... Nein!

Um sich abzulenken, holte sie schnell ihr Handy aus der Hosentasche. Sie schaute, ob sie Empfang hatte. Wenn Anjas Mutter anrief, wollte sie auf jeden Fall erreichbar sein. Drei Balken, das war genug. Dann holte sie Anjas Handy heraus und ging die Kontakte durch, in der Hoffnung, noch einen Hinweis zu finden, wo Anja sein könnte.

Bei K stolperte sie über Katharina. Die Bekanntschaft mit der Putzfrau war demnach schon so weit fortgeschritten, dass Anja sie in ihre Handyliste aufgenommen hatte. Da war sie wieder, die Eifersucht.

Cleo pulte einen Tannenzapfen unter ihrem Oberschenkel hervor.

Plötzlich klingelte Anjas Handy. Cleo erschrak und fragte sich, ob sie rangehen sollte. Es war Robert. Als es zum dritten Mal klingelte, drückte sie schließlich auf den grünen Hörer.

»Hallo.«

»Anja?«

»Nein, ich bin's, Cleo.«

»Oh Mann! Und ich dachte schon, wir hätten sie gefunden. Was machst du mit Anjas Handy?«

»Lag in ihrem Zimmer.«

»Hast du sie gefunden?«

»Nein.«

»Ich bin bei Miri. Ben, Lara und Ela sind auch da. Wir wollten schauen, ob Anja rangeht.«

Tolle Idee, dachte Cleo. Laut sagte sie: »Ich muss Schluss machen, meldet euch, wenn ihr was Neues wisst.« Sie legte das Handy zur Seite.

Warum sitzen die alle zusammen und haben mich nicht angerufen? Verdammt! Wieso lässt mich die ganze Welt allein?

Kaum hatte sie das gedacht, hätte sie die Worte am liebsten sofort wieder zurückgenommen. War sie wirklich so selbstsüchtig, dass sie sogar in einem solchen Moment nur an sich dachte? Außerdem gab es mit Sicherheit eine Erklärung – noch nie hatte man sie ausgeschlossen, sie hatte immer nur Panik davor.

Wieso bin ich, wie ich bin?

Plötzlich wusste Cleo, wie dieser Graben zwischen ihr und ihrer besten Freundin entstehen konnte. Während sie sich in jedes Menschengetümmel gestürzt hatte und aus Angst, etwas zu verpassen, überall dabei sein wollte, hatte Anja sich immer weiter zurückgezogen.

Anja, melde dich. Ich muss dir so viel sagen. Bitte, komm jetzt nach Hause.

Sie hob einen dünnen Ast auf und befreite eine Fliege, die sich im Spinnennetz verfangen hatte. Aber es war zu spät, die klebenden Spinnenfäden hatten die feinen Flügel bereits zerstört. Die Fliege plumpste einfach auf den Boden.

Cleos Handy klingelte. Es war keine eingespeicherte Nummer. Sie traute sich nicht abzuheben, ihr Herz raste. Es klingelte wieder. Ihre Handinnenflächen waren nass vom Schweiß und sie rieb sie trocken, bevor sie das Handy nahm und auf Grün drückte.

»Hallo.«

»Hallo, Cleo.« Schon an der Stimme von Anjas Mutter erkannte Cleo, dass jetzt etwas Furchtbares folgen würde.

»Es ist … das Mädchen. Sie war …« Schluchzen.

Cleo hörte ein Rascheln, dann sprach Herr Diekamp weiter: »Cleo?«

Sie nickte.

»Hallo, bist du dran?«

»Ist Anja tot?«

»Ja, es war Anja. Sie wurde ermordet.«

Er sprach noch weiter, aber Cleo hörte nichts mehr. In ihrem Kopf rauschte es und ihr wurde schwindelig. Sie umklammerte das Handy, als könnte sie sich daran festhalten. Es war, als würde etwas in ihrem Kopf schreien, aber sie bekam keinen Laut heraus.

Das darf nicht sein! Was er da sagt, darf einfach nicht sein!

»Nein!«, schluchzte sie schließlich ins Telefon.

»Cleo?« Jetzt war da eine fremde Stimme.

»Ja?«

»Wo bist du?«

»Wer sind Sie?«

»Ich bin Hauptkommissar Wolff. Könntest du zu mir ins Präsidium kommen?«

»Ja«, sagte Cleo und brach schluchzend zusammen.

Es dauerte eine Weile, bis sie keine Tränen mehr hatte. Sie fühlte sich einsam, nein, sie fühlte sich leer, einfach nur total leer. Die Sonne stand über den Wipfeln und es wehte ein leiser Wind. Sie ging auf dem Trampelpfad zurück zu ihrem Fahrrad und machte sich auf den Weg in die Stadt.

Sie fühlte sich wie eine Marionette, die an Fäden hing und ohne eigenen Willen das tat, was ihr befohlen wurde. Obwohl tausend Stimmen in ihrem Kopf sagten, sie sollte nach Hause gehen, sich ins Bett legen und die

Decke über den Kopf ziehen – für Stunden, für Tage, für immer – machte sie sich auf den Weg ins Polizeipräsidium.

8. Kapitel

Um 18:30 Uhr betrat Katharina das gerichtsmedizinische Institut. Eine halbe Stunde früher als sonst, weil sie es einfach nicht mehr aushalten konnte. Anja war sicher schon obduziert worden und lag unten im Kühlraum.

Im Institut war jetzt noch sehr viel mehr los als um 19 Uhr, ihrem eigentlichen Arbeitsbeginn. Als sie auf den Aufzug wartete, hörte sie ein Räuspern aus dem Büro von Professor Scholl, dem Institutsleiter. Und unten im Seziersaal saß noch dieser Student am Computer.

»Guten Abend«, sagte er höflich und blickte auf die Uhr. »So früh schon hier?«

Katharina nickte nur kurz. Seine strähnigen Haare waren zu einem Pferdeschwanz zusammengebunden und in seinem Gesicht prangten jede Menge Pickel. Er wirkte ungepflegt, weshalb Katharina beschlossen hatte, ihn nicht zu mögen. Außerdem machte er manchmal Überstunden. Das konnte sie gar nicht leiden. Sobald sie mit der Arbeit anfing, wollte sie allein sein mit sich und den Toten.

Sie hängte ihren Rucksack an den Haken neben der Tür, die Jacke ließ sie noch an. Dann holte sie die Putzutensilien aus der Kammer und ging in den Kühlraum.

Sie fand den Namen sofort: *915/307/23.06.2011 - Diekamp, Anja*. In der untersten Reihe, ein Glück. Sie musste der Versuchung widerstehen, jetzt gleich Anjas Trage herauszuziehen. Sie wollte sie sehen, mit ihr sprechen, ihr Dinge erklären – sich von ihrer Schuld befreien. Doch um diese Zeit konnte jederzeit ein Mitarbeiter in den Kühlraum kommen.

Sie kniete sich hin, besprühte den Griff von Anjas Kühlzelle mit Reinigungsmittel und wischte die Abdrücke und Schmierspuren mit dem Lederlappen weg. Plötzlich öffnete sich die Tür zum Kühlraum. Sie erschrak, sprang auf und trat ein paar Schritte zurück.

»Oh, Entschuldigung, ich wollte Sie nicht erschrecken.«

Es war Frau Doktor Klinkenberg. Sie sah schön aus, wie immer. Ihr langes rotes Haar fiel locker auf die Schultern und mit ihren frechen Sommersprossen wirkte sie wie eine Studentin. Nur die Lachfalten um ihre Augen verrieten, dass sie nicht mehr ganz so jung war. Plötzlich bekam Katharina Panik.

Die werden doch wohl nichts entdeckt haben?

»Wie geht es Ihnen?«, fragte die Klinkenberg.

Katharina war verwirrt, und als sie die Ärztin forschend ansah, glaubte sie, Sorge in ihrem Gesicht zu entdecken.

»Gut. Und Ihnen?« Sie hasste Gespräche dieser Art und heute erst recht.

»Katharina, ich mache mir ehrlich gesagt ein bisschen Sorgen um Sie.«

»Sorgen? Warum?« Katharina verschränkte schützend die Arme vor der Brust.

»Na ja, Sie haben gestern irgendwie einen erschöpften Eindruck auf mich gemacht. Und da dachte ich, ich spreche Sie mal darauf an.«

»Ich… ich weiß nicht. Sind Sie mit meiner Arbeit nicht zufrieden?«

Die Ärztin lächelte herzlich. »Aber Katharina, Sie sind die Beste, das habe ich Ihnen schon so oft gesagt. Mir sind nur ein paar Dinge aufgefallen.«

»Was denn?«

»Es ist wirklich nicht der Rede wert, ich will Sie nicht kritisieren, ich möchte nur, dass Sie sich nicht überarbeiten.«

»Was ist Ihnen denn aufgefallen?«

»Na ja.« Sie zierte sich, kam dann aber schließlich doch heraus mit der Sprache: »Sie haben zum Beispiel den Eimer mit dem Lösungsmittel stehen lassen.«

Es ging um ihre Putzfähigkeiten. Katharina war erleichtert. Sie sah den Eimer vor sich und ja, es stimmte, sie hatte ihn gestern nicht weggeräumt. Sie hatte einfach zu fluchtartig das Institut verlassen. *Mist!*

»Wird nicht mehr passieren, Entschuldigung.«

»Dann haben Sie die Handtücher an den Waschbecken nicht erneuert.«

»Oh!« Katharina erschrak. *Stimmt.* Das hatte sie auch vergessen. Sie blickte zu Boden, wie ein Mädchen, das etwas ausgefressen hat.

»Nicht dass Sie mich falsch verstehen, jeder vergisst mal etwas.« Die Ärztin lächelte freundlich. »Ich wollte Sie deswegen auch nicht tadeln. Aber vielleicht täte Ihnen ein Urlaub mal gut. Ich kann mich nicht erinnern, dass Sie in den letzten fünf Jahren je freigenommen hätten.«

Da hatte sie recht. Urlaub interessierte Katharina nicht, im Gegenteil, er machte ihr Angst.

»Vielleicht«, sagte sie nur und hoffte, dass damit die Unterredung ein Ende hatte.

»Versprochen?«

Katharina nickte.

In dem Moment erschien ein Polizeibeamter im Türrahmen. »Entschuldigen Sie, Frau Doktor Klinkenberg, man hat mir gesagt, dass ich Sie hier unten finde. Ich bräuchte Sie bitte.«

»Kundschaft?« Dabei lächelte sie Katharina komplizenhaft zu.

»Ja, zwei Jugendliche, ziemliche Rauferei, ein beteiligtes Mädchen liegt im Krankenhaus und …«

»Danke. Gehen Sie schon mal hoch, ich komme.«

Der Polizist verschwand und Frau Dr. Klinkenberg trat einen Schritt näher. Sie strich Katharina freundschaftlich über den Arm und sagte: »Sie sehen wirklich nicht gut aus und wir brauchen Sie hier doch noch viele Jahre.«

Ein Lächeln, ein kurzer Händedruck, dann verließ sie den Kühlraum und Katharina blieb allein zurück, fröstelnd und verzweifelt. Die Erleichterung war längst gewichen. Noch nie hatte sie jemand wegen ihrer Putzfähigkeiten kritisiert. Das wäre auch absurd, weil sie schlichtweg die Beste war. In dem Reinigungsunternehmen, für das sie arbeitete, war sie trotz ihres jungen Alters die erfolgreichste Kraft. Niemand erhielt so viele Boni und Sonderzahlungen wie sie – kein Wunder, Putzen war für sie ja auch keine Dienstleistung, sondern ein Bedürfnis. Aber die Ärztin hatte recht. Gestern war es zum ersten Mal anders gewesen, ihre Routine war aus dem Lot. Sie durfte sich nicht so gehen lassen, musste sich zusammennehmen. Energisch polierte sie sämtliche Griffe und nahm sich vor, heute alles zu geben.

Doch kaum hatte sie den Seziersaal betreten, um den Nassschrubber zu holen, entschied sie sich kurzerhand um. Der Student war gegangen und am niedrigeren Geräuschpegel erkannte sie, dass der Betrieb im Institut zur Ruhe gekommen war. Erfahrungsgemäß war das hier unten nun ihr Reich, vor allem wenn die Ärztin oben zu tun hatte. Wer wusste schon, ob sie heute noch mal eine Chance bekommen würde. Sie musste das Risiko *jetzt* eingehen, machte kehrt und betrat erneut den Kühlraum.

Die zweite Tür von links in der untersten Reihe. Katharina atmete tief durch. Sie hatte schon mehr als fünfhundert Leichen gesehen, doch diesmal war es anders. Sie hatte Angst - Angst vor einem anklagenden Gesicht und vor ihrem Gewissen. Aber sie zögerte keine Sekunde, denn sie war es Anja schuldig.

Sie zog die Teleskopliege heraus, öffnete den Reißverschluss des Totensacks bis nach unten zu den Füßen und hielt die Luft an. Dann legte sie die Leiche frei und... entspannte sich etwas. Anjas Gesicht hatte nichts Anklagendes, im Gegenteil, es sah friedlich aus. Dennoch musste Katharina sich zwingen, sie anzusehen und den Sack nicht gleich wieder zu schließen. Sie hatte sich fest vorgenommen, ihr alle Fragen zu beantworten, so offen und ehrlich mit ihr zu sprechen, wie sie es mit Laura jeden Abend vor dem Schlafen tat.

Anja war wunderschön. Katharina bewunderte ihren Mund, der trotz seiner Blutleere noch immer sinnlich aussah. Sie war froh, dass die Augen geschlossen waren. Die hatten immer eine magnetische Wirkung auf sie gehabt. Allein mit ihrem Blick hatte sie Menschen helfen können. Sie mochte Anja sehr und kannte sie wesentlich besser, als es Anja lieb gewesen wäre. Alle

Tagebücher hatte sie gelesen. Anja war absolut integer und hatte für jeden ein offenes Ohr.

Katharina holte noch einmal tief Luft und begann: »Hallo, Anja.«

Stille. Der Raum war so niedrig und klein, dass ihre Stimme keinerlei Hall erzeugte und alles Gesagte sofort vom leisen Summen der Kühlung verschluckt wurde. Sie befeuchtete ihre Lippen.

»Ich bin's, Katharina. Es tut mir so leid, wirklich, so unendlich leid.«

Sie war durch die Gespräche mit ihrer Mutter daran gewöhnt, keine Antworten zu bekommen, doch jetzt sehnte sie sich so sehr nach einer Reaktion, einer klitzekleinen, denn sie war sich sicher, es wäre eine versöhnliche gewesen. Anja war so gut.

»Du hattest recht. Mein Name ist eigentlich Sabrina und dein Stiefvater ist mein Vater. Weißt du, er hat uns verlassen, da war ich zehn Jahre alt. Ich ...«

Ihr Herz klopfte so stark, dass sie es im ganzen Körper fühlen konnte. Sie hasste dieses Thema, diese verdammte Geschichte ihres Lebens! Und doch zwang sie sich weiterzureden: »Ich hatte eine Schwester, du hast sie auf dem Foto gesehen, sie hieß Laura und sie ist ... Sie hatte eine Krankheit, kriegte immer Krämpfe und ... und daran ist sie gestorben.«

Katharinas Kehle war trocken. Sie schluckte zweimal kräftig und fuhr dann fort: »Ich war auf Klassenfahrt und meine Mutter hat sich nicht um sie gekümmert. Sie konnte das nicht, weißt du. Sie war krank vor Kummer. Es war ihr alles zu viel, die Trennung, ich, Laura und dann noch Lauras Krankheit.«

Bilder von ihrer Mutter vor dem Fernseher und der zugemüllten Wohnung kamen ihr in den Sinn. »Ich möchte nicht, dass du was Falsches denkst, meine Mutter ist gut, du hättest sie gemocht, bestimmt.«

Sie machte eine Pause, als wollte sie den letzten Satz nachklingen lassen, doch es gab keinen Nachklang, nur das Summen der Kühlung.

»Als dann Laura gestorben war, hörte Mama auf zu reden. Ich war siebzehn. Ich wollte Abitur machen, aber das hat alles nicht hingehauen. Ich bin dann …«

Gerne hätte sie jetzt etwas frische Luft geatmet, doch im Kühlraum gab es kein Fenster. Trotz der Kälte bildeten sich Schweißperlen auf ihrer Stirn, die sie mit ihrem Handrücken wegwischte. Sie richtete sich auf.

»Ich bin dann … Weißt du, mein Vater, der hat …«

Sie konnte nicht weitersprechen. Wut schnürte ihr die Kehle zu. Irgendwann würde sie daran noch ersticken! Sie stand auf, lief vom einen Ende des kleinen Kühlraums zum anderen und versuchte, mit tiefen, regelmäßigen Atemzügen ihre Wut in den Griff zu bekommen.

»Genug! Ist jetzt gut«, sprach sie sich selbst Mut zu. »Es ist passiert, so einfach ist das!«

Doch es funktionierte nicht. Die Wut nahm so viel Raum ein, dass Katharina Platzangst bekam, sie musste raus hier aus dieser Enge. An Anjas Seite blieb sie stehen und sah auf sie hinunter.

»Er hat uns alle fallen lassen wie faules Obst. Glaub mir, du bist nicht umsonst gestorben, Anja. Er hat jetzt zwei Unschuldige auf dem Gewissen. Dafür wird er büßen, das verspreche ich dir.« Mit diesen Worten schloss sie den Reißverschluss und schob Anja zurück in ihre kühle Höhle.

Und jetzt werde ich das Institut putzen wie noch nie.

Sie ging zum Putzraum, um den Nassschrubber zu holen.

9. Kapitel

Mit brutaler Gewalt riss er an ihrem Arm, zerrte ihn in alle Richtungen, bis das Schultergelenk knackte. Es war ein widerliches Geräusch. Wimmernd kniete sie vor ihm. Trotz der höllischen Schmerzen wollte sie unbedingt sein Gesicht sehen. Er trug keine Maske und trotzdem erkannte sie ihn nicht. Sie waren zu zweit in einem riesigen Raum, einer leer stehenden Lagerhalle. Die Haare hingen ihr ins Gesicht und Schweißtropfen liefen ihr in die Augen. Wie war sie nur hierhingeraten?

Jetzt hielt er mit der linken Hand ihren Arm fest, beugte sich nach rechts und hatte plötzlich eine Axt in der Hand. *Seine Stimme,* dachte sie panisch, *vielleicht kann ich ihn an seiner Stimme erkennen.* Sie wollte ihn etwas fragen, brachte aber keinen Ton heraus, nicht einmal Luft. Da merkte sie, dass sie zwar ein-, aber nicht mehr ausatmen konnte. Sie würde platzen! In diesem Moment holte er aus und die Axt landete mit voller Wucht auf ihrem Unterarm. Komisch, sie spürte überhaupt keinen Schmerz, dabei floss das Blut aus der Wunde wie Wasser aus einem Wasserhahn.

Peng! Es krachte und diesmal durchzuckte ein heftiger Schmerz ihre rechte Hand - obwohl die doch eigentlich schon gar nicht mehr zu ihrem Körper gehörte. Was ... was ...?

Cleo schreckte hoch und blickte sich mit weit aufgerissenen Augen in ihrem Zimmer um. Nach einigen Sekunden ließ sie sich wieder zurück ins Kissen fallen. *Was für ein Traum!* Ihre Hand tat weh. Sie musste sie irgendwo angestoßen haben.

Es war der Kommissar gewesen, der ihr im Traum den Arm abgehackt hatte, jetzt fiel es ihr ein. Der Kerl hatte die gleiche Jeansjacke getragen wie er. Mit einem entschlossenen Ruck warf sie die Bettdecke auf den Boden und drehte sich zum Fenster. Sie war schweißgebadet und hatte das Gefühl, keine Luft mehr zu bekommen.

Am rötlichen Licht, das an der gegenüberliegenden Häuserwand schimmerte, erkannte sie, dass es noch sehr früh am Morgen war, höchstens 7 Uhr. Um 5 Uhr hatte sie das letzte Mal geschaut, wie spät es war. Sie hatte also höchstens zwei Stunden geschlafen. Die alte Bertram war schon wach, schlurfte in ihren Filzpantoffeln durch den Vorgarten und begrüßte jede einzelne Blüte.

Anja ist tot.

Warum war das nicht auch ein Traum?

Anja ist tot.

Das klang so irreal, das konnte nicht wahr sein, durfte es einfach nicht. Sofort schoss ihr das Bild durch den Kopf, das sie schon gestern fast in den Wahnsinn getrieben hatte.

Anja in einem Grab, Erde auf ihr…

Wie schrecklich, wie absolut entsetzlich! Sie durfte nicht weiter darüber nachdenken. Wäre sie doch gestern nicht ins Polizeipräsidium gegangen.

Frau Bertram war fertig mit ihren Blumen und ging ins Haus. *Schade,* dachte Cleo. Als sie noch draußen gewesen war, hatte sie sich nicht so allein gefühlt. Kurz überlegte sie, ob sie ihre Eltern informieren sollte, verwarf den Gedanken aber sofort wieder. Die Fürsorglichkeit ihrer Mutter würde ihr jetzt den Rest geben und sie glaubte nicht, dass sie in ihrem Zustand Kraft zum Nein sagen aufbringen würde. Sie stand auf und stellte sich unter die Dusche.

Hoffentlich hatte dieser Kommissar Wolff die Tragweite ihrer Bemerkung verstanden. Er würde das Alibi des Stiefvaters überprüfen, hatte er ihr versprochen, nachdem sie ihm von Anjas Andeutungen erzählt hatte. Man müsse die Ergebnisse der Gerichtsmedizin und der Spurensicherung abwarten. Das Diekampsche Haus und den Friedhof würden sie auf den Kopf stellen, hatte er gesagt und ihr dann noch allerlei Fragen gestellt über Anja, ihre Freunde, ihre Vorlieben. Cleo hatte alle Fragen wahrheitsgemäß beantwortet und dabei die ganze Zeit das Gefühl gehabt, Zeit zu verschwenden. *Warum sollte einer von uns Anja getötet haben?* Sie hatte keine Feinde in der Schule, im Gegenteil – alle hatten Anja gemocht.

Sie stellte das Wasser ab und trat aus der Dusche. Als sie sich abtrocknete, fiel ihr Blick auf Anjas Zahnbürste. Sie hatten beide jeweils eine Garnitur Schlafutensilien beim anderen deponiert, schon seit Kindergartenzeiten. Im Schminkglas stand sogar Anjas Lieblingswimperntusche. Sie kaufte sich immer eine edle, weil sie auf das Billigzeug allergisch reagierte. Wann hatte sie noch mal dieses entzündete Auge gehabt? Da hatte sie ausgesehen wie ein …

Es ist nicht passiert. Es kann nicht passiert sein. Ein Leben ohne Anja ist unmöglich!

Cleo hielt sich am Waschbeckenrand fest. Ihr wurde schwummrig. Dann klingelte ihr Handy. *Um die Zeit?* Wer konnte das sein?

»Hallo?«

»Ja, Guten Morgen, hier Miller, spreche ich mit Cleo Fürbringer?«

»Ja.«

»Sie sind die beste Freundin von Anja Diekamp, habe ich recht?«

»Was wollen Sie?«

»Nur ein paar Fragen stellen. Hatte Anja Feinde?«

»Sind Sie von der Polizei?«

»Nicht direkt. Ich möchte die Hintergründe ihres tragischen Todes erforschen. Wer, glauben Sie, hat Ihre Freundin getötet?«

»Sind Sie Journalist?«

»Ganz recht. Ich arbeite für die Zeitung.«

»Lassen Sie mich in Ruhe!«, schrie Cleo und schmetterte das Handy in die Ecke. Das war ja wohl das Letzte!

Sie spritzte sich Unmengen Wasser ins Gesicht, in der Hoffnung, damit die letzte Minute wegspülen zu können. Anschließend putzte sie sich die Zähne und dachte wieder an den Kommissar. Offenbar hatte er in Erfahrung gebracht, dass Anja Tagebuchschreiberin war, denn er hatte sie nach Anjas aktuellem Tagebuch gefragt und ob sie wüsste, wo es sei. Er war sichtlich enttäuscht gewesen, als sie das verneint hatte.

Sie musste unbedingt dieses Tagebuch finden. Wolff durfte es auf keinen Fall vor ihr in die Hände kriegen! Die Vorstellung, dass eine Horde Polizisten Anjas geheimste Gedanken las, war entsetzlich. Und wer weiß, was davon dann alles an die Presse ging... Nein. Das galt es zu verhindern, definitiv!

Anjas Eltern waren zu den Großeltern gefahren, hatte ihr der Kommissar gesagt. Ihre Mutter wollte nicht in das Haus zurück, in dem Anja noch so gegenwärtig war. Cleo konnte sie gut verstehen. Dennoch musste sie jetzt in das Haus. Aber wie? Einfach bei Anjas Großeltern vorbeifahren und unter einem Vorwand nach dem Schlüssel fragen? In dem Moment fiel ihr die Bemerkung von Anjas Mutter ein: »Wahrscheinlich könnte sogar unsere Putzfrau mehr über sie erzählen.«

Das ist es! Ich rufe Katharina an!

Sie ging zurück in ihr Zimmer, hob die achtlos auf den Boden geschmissene Jeans auf und kramte Anjas Handy hervor. Sie wählte Katharinas Nummer. Schon nach zwei Freizeichen nahm jemand ab.

»Hallo?« Die Stimme klang verschlafen und Cleo bekam sofort ein schlechtes Gewissen, sie hatte die Uhrzeit völlig vergessen.

»Hallo, hier ist Cleo Fürbringer, die Freundin von Anja Diekamp und …«

Sie stockte. Sie hätte den Anruf natürlich besser vorbereiten müssen. Jetzt war sie womöglich diejenige, die ihr den Tod von Anja beibringen musste.

»Oh, hallo Cleo.«

»Ich … ich … also Anja, meine Freundin … die ist … Hast du schon gehört?«

»Was?«

Oh nein!

»Könnten wir uns vielleicht treffen? In einem Café oder so?«

»Treffen? Wir beide?«

Cleo konnte verstehen, dass Katharina das merkwürdig fand, wusste aber keinen Ausweg und sagte deshalb einfach: »Ja. Am besten so schnell wie möglich.«

»Okay«, sagte Katharina zögerlich.

»Gut, dann um 9 Uhr in der Eisdiele am Marktplatz?«

»Ich kann frühestens um ...«, Katharina schien kurz zu überlegen, » ... um 12 Uhr.«

»Das geht auch«, entgegnete Cleo, fand dann aber den Ort zu auffällig. Auf dem Marktplatz wimmelte es nur so von Bekannten. Alle würden sie auf Anja ansprechen. Dazu hatte sie absolut keinen Nerv.

»Besser im Café gegenüber vom Burger King. Weißt du, welches ich meine?«

»Ja.«

»Bis dann.«

Cleo legte auf. Sie hatte keine Ahnung, ob das eine gute Idee war, aber es war ein Anfang.

In der Küche merkte sie, dass sie überhaupt keinen Appetit hatte. Obwohl Mama ihr alle nur erdenklichen Köstlichkeiten in den Kühlschrank gestellt und mit kleinen Anweisungszettelchen versehen hatte, frühstückte sie lediglich einen großen Schluck Milch.

10. Kapitel

Es ist aber überhaupt kein Glatteis draußen. Schau selber, überall Grau, kein Weiß.« Sie nickte mit ihrem Kopf in Richtung Fenster.

»Ja, Frau Wittich, das weiß ich auch, ich bin heute leider etwas zu spät gekommen, einfach so.«

Jeden Tag ging sie geduldig auf Frau Wittich ein, sprach mit ihr, wusch sie, doch heute musste sie sich im Zaum halten, sie nicht anzuschreien. Ihre Nacht war katastrophal gewesen, ihr Kopf voller Bilder, die durcheinanderwirbelten und sie nicht zur Ruhe kommen ließen.

»Das ist nicht gut, das ist gar nicht gut! Wir rechnen doch mit dir.«

»Jetzt bin ich ja da«, sagte Katharina härter als gewöhnlich. »Sie wissen, dass ich sonntags keinen Putzdienst habe, da komme ich extra für Sie.«

Katharina schob Frau Wittich von ihrem Bett zum Waschbecken. Aber die machte sich mit einem Ruck los.

»Du bist eine Heilige, da redet man nicht so… so

grob! Außerdem habe ich mich schon gewaschen, ich wasche mich um 7:05 Uhr, jeden Morgen, auch sonntags. Fast hätte ich dich angerufen.«

Katharina erschrak. Das Handy in Frau Wittichs Schublade war ihre direkte Verbindung zur Zimmernachbarin ihrer Mutter. So oft hatte sie schon überlegt, ob sie es ihr wieder wegnehmen sollte, sich dann aber doch dagegen entschieden. Frau Wittich war fürsorglich und würde sie auf jeden Fall anrufen, wenn es mit ihrer Mutter Probleme gab.

»Ich habe Ihnen das Handy nur für Notfälle gegeben.«

»Und wo fängt ein Notfall an, hä?« Sie hob streitlustig den Kopf und blickte Katharina in die Augen.

Ich muss sie irgendwie loswerden, sonst springe ich ihr an die Gurgel!

Katharina konnte ebenso wenig Abweichungen von der Routine ertragen wie Frau Wittich, trotzdem hatte sie heute kein Verständnis. Sie wollte einfach nur allein sein mit ihrer Mutter.

»Haben denn alle Patienten schon ihre Medikamente? Ich habe gehört, Herr Welters aus der 14 hat Magenprobleme.«

»Oh«, sagte Frau Wittich. »Da schau ich gleich mal nach.« Mit diesen Worten verließ sie eilig das Zimmer.

Das war einfach gewesen. Katharina wandte sich sofort ihrer Mutter zu, die wie immer mit dem Gesicht zur Wand in ihrem Bett lag. Sie setzte sich zu ihr.

»Hallo, Mama. Hast du heute gut geschlafen? Ich wasche dich später, jetzt muss ich dir erst was erzählen, wer weiß, wie lange uns die Wittich alleine lässt.«

Ihre Mutter riss schwungvoll den linken Arm nach hinten, sodass die Hand gegen Katharinas Knie knallte.

»'tschuldigung«, sagte Katharina an ihrer statt. »Ich rutsche ein bisschen.« Dann fuhr sie fort: »Ich habe dir gestern ganz vergessen zu erzählen, dass ich ein Foto gesehen habe. Von uns. Du warst drauf, ich, Papa und… Laura auch.«

Sie erschrak. Hatte sie Lauras Namen überhaupt jemals in Gegenwart ihrer Mutter erwähnt? Aber sie konnte ihren Redefluss nicht bremsen.

»An ihrem zweiten Geburtstag waren wir im Zoo, weißt du noch? Da war dieser nette Herr, so ein blonder… Verrückt, ich weiß es noch wie gestern.«

Sie hatte sich beim Sprechen über den Körper ihrer Mutter gebeugt, um zumindest ansatzweise ihr Gesicht sehen zu können. Ihre Mutter schnaufte einmal tief ein und aus, wandte sich ihr aber weiterhin nicht zu.

»'tschuldigung Mama, es ist nur… Ich fand es so schön, weißt du. Das Foto hab ich bei Papa gefunden. Und das heißt doch, dass er…«

Wieder schnaufte ihre Mutter.

»Soll ich dir lieber nicht davon erzählen?«

Keine Antwort.

»Mama.«

Stille. Katharina kannte diese Stille nun seit fünf

Jahren. Es gab Tage, da konnte sie damit umgehen und andere, an denen Mamas Stille sich wie dichter Nebel in ihr ausbreitete. Heute war einer von den Nebeltagen.

»Mama, bitte sprich mit mir. Nur heute, ein Mal … ein einziges Mal.«

Sie rüttelte an dem massigen Körper – vergebens.

»Ich brauche dich, ich brauche deinen Rat. Mama! Cleo will mich treffen. Die Freundin von Anja. Was mache ich denn, wenn sie was weiß? Ich kann doch nicht … Es gibt schon zwei Tote.«

Sie wurde lauter.

»Mama, glaub mir, mein Plan war perfekt! Alles wäre so gelaufen, wie besprochen. Ich habe nichts falsch gemacht. Mama. MAMA!!!«

Jemand klopfte gegen die Wand. Verdammt! Sie dufte hier nicht so rumschreien. Sie setzte sich wieder und zog die Decke über den freiliegenden Rücken ihrer Mutter. Mitleid mischte sich mit Verzweiflung. Mama hatte schon so viel durchgemacht und brauchte Ruhe. Sie strich ihr über den Rücken.

»Entschuldige. Ich wollte nicht laut werden. Bald verbringen wir wieder schöne Tage, nur wir zwei, das kriege ich hin. Ich verspreche es dir.«

Jetzt drehte die Frau sich schnaufend um und schaute Katharina starr in die Augen. Sie blinzelte kaum, was ihren Blick unheimlich machte. Katharinas Herz klopfte heftig.

»Mama? Willst du was sagen?«

Ihre Mutter atmete schwer aus, richtete ihren Blick aber weiter auf Katharina.

Sie hört mir zu. Sie versteht mich.

Aufgeregt plapperte Katharina weiter: »Mein Plan war wirklich gut. Wäre Anja nicht gekommen, wäre jetzt alles geschafft und wir könnten wieder leben, ganz normal. Der neue Plan ist auch gut. Papa kommt ins Gefängnis, dafür sorge ich. Das ist vielleicht viel besser, weil ... dann kann er sich bei dir noch entschuldigen.«

Ihre Mutter schloss die Augen.

Katharina blieb noch eine Weile auf dem Bettrand sitzen und betrachtete das runde Gesicht. Ja, sie hatte Mitleid mit ihr, schon immer. Warum sonst kam sie täglich hierher? Warum sonst hatte sie vor Jahren beschlossen, ihren Vater umzubringen, den Mann, der ihrer Mutter alle Energie, alle Lebensfreude gestohlen hatte.

WARUM?

Irgendein Gefühl regte sich in ihr und wuchs wie ein Hefeteig im Ofen. Es war neu und beunruhigend und sie konnte es nicht unterdrücken. Sie betrachtete den leblosen Körper ihrer Mutter, ihre fettigen Haare, die getrocknete Spucke auf der Wange, die geschlossenen Augen und sie empfand ... Verdruss.

Es war kurz nach 11. Um 12 Uhr hatte sie ihre Verabredung und sie musste erst noch den Zug und dann den Bus ins Industriegebiet nehmen.

Sie stellte ihre Tasche auf den Schoß, in der sich das blutverschmierte T-Shirt befand, das sie Anja um den Kopf gewickelt hatte. Außerdem hatte sie ein neues Giftfläschchen eingesteckt.

»Ich muss gehen.«

Und um das neue Gefühl, den Verdruss, zu verscheuchen, fügte sie noch etwas hinzu.

»Ich liebe dich.«

Erst als sie bereits im Zug saß, fiel ihr auf, dass sie heute vergessen hatte, ihre Mutter zu waschen.

11. Kapitel

Katharina hatte sich überlegt, lieber eine Busstation früher auszusteigen und sich dem Café von der Rückseite zu nähern. Auf die Weise war sie Cleos Blicken nicht so bald ausgesetzt. Ob man ihrem Gang ihre Angst und ihr Herzklopfen ansah? Da Cleo am Telefon nicht viel gesagt hatte, konnte sie sich kaum auf das Gespräch vorbereiten. Wie sollte sie reagieren, wenn Cleo sie fragte, ob sie die Tochter von Anjas Stiefvater sei? *Leugnen.* Klar, das war das Beste. Eine andere Möglichkeit hatte sie ja auch nicht. Sollte sie ihr doch erst mal das Gegenteil beweisen.

Kurz vor der Ecke, hinter der das Café lag, blieb Katharina stehen. Dann beugte sie sich so weit vor, dass sie die Tische und Stühle überblicken konnte. Cleo saß mit dem Rücken zu ihr, sie erkannte sie gleich an ihren braunen Locken, die ihr in allen Richtungen vom Kopf abstanden. Sie saß als einziger Gast an einem Tisch unter dem Sonnenschirm, hatte die Beine übereinandergeschlagen und wippte nervös mit dem Unterschenkel.

Dabei blickte sie über den Platz, wahrscheinlich in der Hoffnung, sie dort kommen zu sehen.

Katharina trat wieder einen Schritt zurück und lehnte sich mit geschlossenen Augen gegen die Hauswand. Was könnte Cleo von ihr wollen? Es blieb ihr nichts anderes übrig, als genau das in Erfahrung zu bringen. Sie stieß sich von der Mauer ab und ging auf Cleo zu.

»Hallo.«

Cleo sprang auf und wollte Katharina zuerst die Hand hinstrecken, legte sie dann aber unsicher wieder auf der Stuhllehne ab und entgegnete lächelnd: »Hallo.«

Katharina setzte sich auf den Stuhl Cleo gegenüber und konzentrierte sich darauf, interessiert und unbefangen zu wirken. Zum Glück kam sofort ein Kellner und fragte sie, ob sie etwas haben wollte. Cleo trank bereits eine Cola und sie bestellte sich auch eine. Als er ging, war es noch stiller als vorher. Katharina rieb ihre Handinnenfläche über einen Nagel an der Seite ihres Stuhls. Der Schmerz verlangsamte ihren Herzschlag, zumindest bildete sie sich das ein.

»Ich ... also ... hast du schon gehört?«, eröffnete Cleo das Gespräch und Katharina wusste genau, wovon sie sprach, fragte aber trotzdem.

»Was denn?«

»Das mit Anja.«

»Nein.«

»Sie ...« Cleo wischte sich mit einer nervösen Geste die Locken aus dem Gesicht, ein sinnloses Unterfangen, weil sie bei der kleinsten Kopfbewegung wieder zurück in die Stirn fielen. Dabei blickte sie in ihr halb leeres Colaglas.

»Sie ist tot.«

Pause.

»Sie ist ermordet worden.«

Obwohl sie es bereits wusste, erschütterten Katharina diese nüchternen, kurzen Sätze aus dem Mund von Anjas bester Freundin. Sie war die Verursacherin des Leids, das in Cleos Stimme lag. Sie wusste nicht, was sie sagen sollte, schaute auf die Mitte des Tisches und atmete bewusst langsam, um ihr rasendes Herz zu beruhigen. Mit der Hand versuchte sie, den Nagel weiter herauszuziehen. Sie konnte Cleo nicht in die Augen schauen. Und doch musste sie es. Alles andere wäre zu auffällig gewesen. Mühsam hob sie den Blick und fragte: »Was ist passiert?«

Sie versuchte, in Cleos Gesicht jede Regung zu erfassen. Würde sie lügen? Verbarg sie etwas? Wusste sie mehr, als sie zugab?

»Sie wurde tot in einem Grab ge... gefunden.«

Ihre Stimme war brüchig. Cleo kramte ein Taschentuch aus der Hosentasche und schnäuzte sich.

»Der Täter hat sie notdürftig begraben. Ihr...« Jetzt liefen Tränen über ihre Wangen, dennoch fuhr sie schluchzend fort: »Ihr Fuß schaute noch raus. Man hat sie entdeckt, als derjenige begraben wurde, für den das Grab eigentlich vorgesehen war.«

»Das ist ja schrecklich!«

Katharina musste nicht schauspielern. Die Worte trafen sie tatsächlich bis ins Mark. Cleo tat ihr so unendlich leid. Anja und sie hatten seit ihrer Kindheit alles zusammen erlebt. Sie musste sich vorkommen, als sei ein Teil von ihr gestorben.

Der Kellner kam und brachte Katharinas Cola. Sie trank einen großen Schluck und überlegte fieberhaft, was sie noch sagen könnte. Doch ihr schlechtes Gewissen und die Angst, entdeckt zu werden, legten ihr Gehirn völlig lahm. Hinzu kam noch, dass sie schrecklich ungeübt in Gesprächen war.

Dann kam ihr Cleo zuvor: »Wie gut kennst du Anja eigentlich?«

Katharina zuckte mit den Schultern. Die Wahrheit durfte sie nicht sagen und eine Lüge fiel ihr nicht ein.

»Anja hat mir erzählt, dass ihr manchmal geredet habt. Und sie hat deine Telefonnummer gespeichert.«

»Ja.« Katharina trank einen Schluck.

»Wart ihr befreundet?« Cleo hatte sich wieder beruhigt. Sie wischte ihre Tränen mit dem Taschentuch weg und gab dem Kellner ein Zeichen, dass er noch eine Cola bringen sollte.

»Wir haben nur manchmal geredet, nichts weiter. Weiß man denn, wer das getan hat?«, hörte sie sich fragen und war geschockt über sich selbst. Hatte sie das gerade wirklich gesagt?

»Nein. Die Polizei ist jetzt erst mal mit den ganzen Untersuchungen beschäftigt. Die verraten nichts, zumindest mir nicht. Aber ich habe einen Verdacht. Und deshalb wollte ich mich mit dir treffen.«

Augenblicklich floss Katharinas gesamtes Blut aus dem Kopf in die Füße. Jetzt würde Cleo zuschlagen und sie wäre am Ende. Trotzdem bemühte sie sich, möglichst harmlos und interessiert zu wirken.

»Einen Verdacht? Was denn für einen?«

Nur die Stimme nicht heben. Schön ruhig sprechen, noch hast du eine Chance.

Cleo beugte sich vor und flüsterte: »Ich glaube, dass Anja ein Problem hatte.«

Katharina sagte nichts. Sie war zu beschäftigt, unschuldig zu wirken und ruhig zu atmen.

»Sie hat mir kurz vor ihrem Tod etwas sehr Komisches von ihrem Stiefvater erzählt. Der hätte ein Geheimnis und sie hätte es herausgefunden.«

Der Kellner brachte Cleos zweite Cola und machte zwei Striche auf ihrem Bierdeckel.

Katharina hielt es kaum noch aus. Sie legte instinktiv eine Hand an den Hals, aus Sorge, Cleo könnte sehen, wie ihr Puls raste.

Jetzt wird sie es sagen – gleich.

Sie hing gebannt an Cleos Lippen und zwang sich gleichzeitig, ihren Blick zu kontrollieren. Mit Sicherheit sah sie nicht wie jemand aus, der nichts zu befürchten hatte. Mit voller Wucht bohrte sie ihre Hand in den Nagel und entspannte sich sofort dank des Schmerzes, der durch ihren Körper fuhr.

»Katharina? Alles klar?«

»Jaja«, sagte sie schnell und führte die verletzte Hand an den Mund.

»Du blutest ja.«

»Nur ein doofer Nagel. Sprich weiter.«

»Mehr weiß ich nicht.«

»Wie? Mehr weißt du nicht?«

Pass auf deinen Ton auf! Stimme senken! Trinken!

Katharina trank einen Schluck und Cleo antwortete: »Anja wollte mir das gestern erzählen und dann …«

»Ich verstehe.« Katharina hatte große Mühe, ihre Erleichterung hinter einer Fassade der Betroffenheit zu verbergen. Sie biss sich in den Handballen.

Es ist alles völlig harmlos. Wie viel Glück kann ein Mensch haben? Sie weiß nichts. Gar nichts!

Sie wollte sie einfach nur treffen, sie, Katharina, weil sie Anja auch gut kannte.

»Ich konnte diesen Mann noch nie leiden«, sagte sie aus einer plötzlichen Laune heraus. »Ich habe ihn zwar selten gesehen, aber die wenigen Male haben mir gereicht.«

»Geht mir genauso. Ich mag ihn auch nicht.«

Eine Gruppe Mädchen kam von der Bushaltestelle auf sie zu und setzte sich laut lachend an den Nachbartisch.

Wir sehen bestimmt aus wie ganz gewöhnliche Freundinnen, dachte Katharina. Sie hatte noch nie mit einer Freundin in einem Café gesessen, weil sie auch noch nie eine Freundin gehabt hatte. Gewollt hatte sie schon immer eine, aber dazu war es irgendwie nie gekommen, bis jetzt.

»Sag mal…«, begann sie zaghaft.

»Ja?«

»Warum wolltest du mich eigentlich treffen?«

Cleo zog eine ihrer Stirnlocken lang und ließ sie wieder los, sodass sie nach oben schnellte.

»Es ist so, dass Anjas Mutter gestern meinte, du würdest Anja besser kennen als sie.«

Da hatte sie wahrscheinlich recht, dachte Katharina, sagte aber nichts. Ein Mädchen am Nachbartisch kreischte hysterisch, peinlich geradezu.

»Und sie sagte mir, dass du Anjas Zimmer putzen würdest.«

»Das stimmt.«

»Vielleicht kannst du mir helfen, ich suche nämlich was.«

»Was denn?«

»Anjas Tagebuch.«

»Anja schreibt Tagebuch?«, fragte Katharina und hoffte, dass ihr Erstaunen überzeugend war. In Wirklichkeit kannte sie alle Bücher fast auswendig.

»Ja, schon lange. Ich finde es aber nicht.«

»Vielleicht hat sie damit aufgehört.«

»Nein, hat sie nicht. Ich habe es erst Mittwoch noch gesehen, es war grün oder blau, auf jeden Fall einfarbig.«

Das musste ein Irrtum sein! Katharina trank den Rest ihrer Cola. Hatte Anja tatsächlich noch Tagebuch geschrieben? Wie hatte ihr das entgehen können? Ein aktuelles Tagebuch würde alles zerstören. Sie hätte schwören können, dass Anja schon seit Monaten nichts mehr geschrieben hatte.

»Wahrscheinlich musste sie es vor ihrem Stiefvater verstecken«, sagte Cleo.

»Natürlich«, antwortete Katharina und spürte, wie die Panik sie wieder ergriff. Sie musste das Tagebuch beseitigen. *Und zwar sofort!* Sie konnte sich nur mit Mühe davon abhalten, aufzuspringen und sich auf die Suche zu begeben. Betont beiläufig sagte sie: »Meinst du denn, dass da was Wichtiges drinsteht?«

»Ich denke schon.«

»Ich könnte am Dienstag danach suchen. Da bin ich eh wieder bei den Diekamps«, sagte Katharina, nahm sich aber vor, gleich nach diesem Treffen zum Haus zu fahren und es so lange zu durchwühlen, bis sie das Tagebuch in den Händen hielt.

»Das ist zu spät.«

»Was willst du damit sagen?«

»Hast du einen Schlüssel?«

»Ja«, antwortete Katharina und ärgerte sich sofort. Ein NEIN wäre mit Sicherheit besser gewesen. »Ich hab ihn aber nicht dabei. Warum?«

»Komm, wir holen deinen Schlüssel und dann gehen wir das Tagebuch suchen.«

»Jetzt?«

»Na klar.«

»Aber das ist Einbruch!«

»Das ist mir meine beste Freundin wert.« Cleo gab dem Kellner ein Zeichen, dass sie zahlen wollten. Katharina überlegte krampfhaft, wie sie Cleo dazu bringen konnte, die Sache zu vergessen.

»Und Anjas Eltern? Wo sind die?«

»Bei den Eltern der Mutter. Das weiß ich von dem Kommissar. Es kann also nichts passieren.«

Sie konnte sagen, dass sie jetzt keine Zeit hatte, und sich für später mit Cleo verabreden. Dann konnte sie erst mal allein suchen!

»Ich muss erst noch was anderes erledigen. Aber so in drei Stunden, was meinst du?«

»Das ist mir zu spät. Kannst du mir nicht den Schlüssel geben und nachkommen?«

Katharina war beeindruckt. Das also war Freundschaft. Aber was sollte sie jetzt erwidern? Sich auf ihre Professionalität berufen und sagen, dass sie den Schlüssel nicht so einfach rausgeben durfte?

»Wenn es dir nicht recht ist, auch okay. Ich dachte nur, vier Augen sehen mehr als zwei. Anjas Mutter gibt mir bestimmt ihren Schlüssel. Ich fahre einfach zu ihr. Das passt schon.« Cleo trank ihre zweite Cola aus.

»Weißt du was? Mein Termin ist nicht so wichtig. Ich komme gleich mit. Und meine Wohnung liegt auf dem Weg.«

Katharina wählte bewusst einen kumpelhaften Ton, um ihren Entschluss wie einen Freundschaftsdienst aussehen zu lassen. In Wirklichkeit blieb ihr natürlich nichts anderes übrig, wenn sie diejenige sein wollte, die das Tagebuch als Erste fand.

»Danke«, sagte Cleo. »Alleine in diesem großen Haus wäre es mir bestimmt unheimlich geworden.«

12. Kapitel

Sie standen unten am Gartentor. Die Sonne schien hinter den Baumwipfeln und blendete sie durch die Blätter, die sich leicht im Wind bewegten.

Kurz zuvor waren sie bei Katharina gewesen. Sie lebte in einer kleinen Wohnung direkt am Bahnhof. Cleo hatte draußen warten müssen, während Katharina den Schlüssel aus der Wohnung geholt hatte. Vielleicht war die Wohnung ihr peinlich, hatte Cleo überlegt.

Nun fühlte Cleo sich unendlich schwer, als hätte sie Blei gegessen. Wie oft war sie in ihrem Leben durch dieses Gartentor gegangen? Mit und ohne Anja. Und wie oft...

»Bist du dir ganz sicher, dass sie nicht da sind?«

»Der Kommissar hat's gesagt.«

»Könnte ja sein, dass sie es sich anders überlegt haben und doch zu Hause sind.

»Ja, könnte sein.«

»Und du willst trotzdem rein?«

»Ich will nicht, ich MUSS! Ich wette, dass in dem Tagebuch steht, wer meine beste Freundin umgebracht hat. Was würdest du tun?«

Katharina antwortete nicht, sie hielt sich am Tor fest wie eine Gefangene an den Zellenstäben.

Cleo blickte konzentriert auf das große Haus und achtete auf jede Regung. Doch da war nichts außer einem kleinen Specht, der sich aus der Fassade Ungeziefer herauspickte. Alle Fenster waren geschlossen, die Terrassenmöbel unter einer Plastikplane. Wäre jemand daheim, stünden trotz Trauer und Leid bei diesem Sommerwetter einige Fenster offen.

»Komm, wir gehen!«, sagte Cleo und öffnete energisch die Tür. Das Quietschen der Scharniere tönte über das Grundstück.

Katharina folgte ihr. Sie war Cleo sympathisch und sie konnte verstehen, dass Anja gerne Zeit mit ihr verbracht hatte. In diesem Moment war sie ein Segen. Die Vorstellung, allein die Villa zu durchsuchen, war grässlich! Mit Katharina fühlte sie sich mutiger.

»Okay«, sagte Katharina, als sie oben angekommen waren, und kramte ihren Schlüssel aus der Tasche. »Dann schließe ich mal auf. Aber sei leise.«

»Sie sind nicht da, das weiß ich. Anjas Mutter hat nicht rausgeschaut, als das Tor gequietscht hat.«

Kurz bevor sie das Haus betraten, griff Katharina nach Cleos Hand. Ein eigenartiger Moment, denn das hatte Anja auch oft gemacht, wenn sie mit Cleo nach

Hause gekommen war. Cleo hatte es geliebt, es hatte ihr das Gefühl gegeben, für Anja wichtig zu sein. Katharinas Hand fühlte sich anders an. Es versetzte ihr einen Stich und sie hätte fast reflexartig losgelassen, konnte sich aber gerade noch beherrschen.

Nebeneinander gingen sie erst durchs Wohnzimmer, schauten dann in die Küche, ins Esszimmer, guckten sogar ins Gästeklo und in den Wintergarten. Keiner da. Anschließend stiegen sie die Treppe nach oben. Katharina löste ihre Hand aus Cleos und erst jetzt merkte sie, wie sehr sie beide geschwitzt hatten. Ein unangenehmes Gefühl. Cleo ließ Katharina ein paar Stufen vorgehen, um dann unauffällig den Schweiß an ihrer Hose abzuwischen.

Oben gingen sie auch durch alle Zimmer, bis Cleo schließlich feststellte: »Niemand zu Hause. Komm, wir fangen bei Anja an.«

Mit diesen Worten betrat sie das ihr so vertraute Zimmer. Diesmal betrachtete sie es in der Gewissheit, Anja nie mehr wiederzusehen. Das Bett – unzählige Nächte hatten sie hier wach gelegen und geredet. Der Schreibtisch, an dem sie für die Schule gelernt hatten. Die Kissen auf der Fensterbank. Nur noch das kleine rote war aus der Grundschulzeit. Alle anderen hatten häufig erneuert werden müssen wegen ihrer exzessiven Kissenschlachten. Sie hörte Anjas Lachen und musste sich zusammenreißen, um sich nicht einfach fallen zu lassen und nie mehr aufzustehen. All die Erlebnisse und Geschichten, die ihr gemeinsames Leben so fröhlich und bunt gemacht hatten, lagen jetzt wie Blei in ihrem Magen.

Schluss. Aus. Ich muss das Tagebuch finden.

Cleo ging zum Regal und nahm die Bücher der unteren Reihe heraus. Dahinter fand sie nichts als Staub und irgendwelchen in Vergessenheit geratenen Kleinkram.

»Wie gut kanntest du Anjas Stiefvater?«, fragte Cleo.

Katharina durchsuchte den Kleiderschrank. Ihre Stimme klang gedämpft, weil sie sich mit ihrem ganzen Oberkörper hineingebeugt hatte. »Eigentlich gar nicht. Er war immer bei der Arbeit.«

»Und warum magst du ihn nicht?« Cleo schob den Schreibtischstuhl vor das Regal und stellte sich drauf. So konnte sie besser die obere Reihe absuchen.

Katharina antwortete nicht, wahrscheinlich war sie so tief im Kleiderschrank abgetaucht, dass sie sie nicht gehört hatte. Also wiederholte Cleo laut: »Und warum magst du ihn nicht?«

Jetzt kam sie aus dem Schrank gekrochen und sah mit ihrem hochroten Kopf und den durcheinandergeratenen Haaren aus, als hätte sie einem Sturm getrotzt.

»Ich weiß nicht«, sagte sie und zuckte mit den Schultern. »Er hat so was ... Mächtiges, Dunkles.«

»Stimmt!«, sagte Cleo. Genau so empfand sie das auch.

»Kannst du dir vorstellen, dass er so was macht?«

»Jemanden umbringen?«, fragte Katharina.

Cleo nickte.

»Auf jeden Fall«, sagte Katharina, ohne zu zögern.

Sie war also derselben Meinung. Es war alles so entsetzlich. Da lebte Anja jahrelang mit diesem Mann unter einem Dach und dann hatte er sie womöglich umgebracht. *Aber warum?* Was steckte für eine Geschichte dahinter?

»Weißt du was?«, sagte Cleo. »Hier finden wir nichts mehr. Lass uns auf den Dachboden gehen.«

»Auf den Dachboden?« Katharina sah alles andere als begeistert aus.

»Irgendwo muss es ja sein, das Tagebuch. Sie hat mir erzählt, dass sie die Fotos und Informationen auf dem Dachboden gefunden hätte. Wer weiß, was da noch so alles rumliegt.«

»Das ist nicht dein Ernst, oder? Ehrlich gesagt reicht's mir jetzt schon.«

»Na komm. Wir haben's bis hierhin geschafft, da sollten wir doch die Chance nutzen.«

»Von mir aus«, sagte Katharina.

Cleo war froh, dass Katharina sich so leicht überreden ließ. »Mit ihr kann man Pferde stehlen«, beschrieb Mama immer ihre beste Freundin Ulli. Genau dieses Gefühl gab Katharina jetzt Cleo. Wenn auch die Umstände alles andere als erfreulich waren und sie keine Pferde stahlen, sondern ein Tagebuch, und eigentlich einen Mörder suchten.

13. Kapitel

Hier ist die Stange«, sagte Cleo und nahm den Holzstock mit dem Haken aus der Badezimmerecke. »Damit können wir die Treppe runterholen, wir haben auch so ein Ding zu Hause.«

Während sie sprach, versuchte sie, die Treppenklappe herunterzuziehen.

»Komm, lass uns verschwinden«, sagte Katharina, die sich furchtbar darüber ärgerte, dass sie in all den Jahren noch nie diesen Dachboden entdeckt hatte. »Wenn die kommen und uns hier erwischen, ist es aus.«

»Nee, jetzt sind wir schon so weit, ich muss da rauf. Wenn wir oben sind, klappen wir das Ding einfach wieder zu, dann sehen sie uns nicht, falls sie kommen.«

»Und dann verbringen wir den Rest unseres Lebens auf dem Dachboden?«

»Geschafft!«

Cleo hatte die Klapptür heruntergezogen und zum Vorschein kam eine ineinandergeschobene Treppe, die man einfach nur ausklappen und auf den Boden stellen musste. Cleo ging vor. Die Metalltreppe machte einen höllischen Lärm. Katharina kletterte hinterher, und noch bevor sie ganz oben war, hörte sie Cleo schon rufen: »Das ist ja riesig hier!«

Zwei Stufen weiter sah Katharina es auch. Der Dachboden war groß wie ein Saal und voll mit alten Möbeln, Kisten, Sesseln und Stühlen. Stickige Luft schlug ihr entgegen und sie sah, wie Cleo zielstrebig alle Seiten und Ecken abschritt. Durch ein kleines Dachfenster schien die Sonne und in dem Lichtstrahl tanzte der aufgewirbelte Staub. Katharina folgte den Sonnenstrahlen mit dem Blick und sah, dass sie eine Truhe beleuchteten. Obwohl sie nicht an Überirdisches glaubte, kam ihr der Gedanke, Anja säße irgendwo da oben und würde ihr mit diesen Sonnenstrahlen den Weg weisen. Schnell ging sie zu der Truhe und öffnete den Deckel. *Stoff.* Sie wühlte bis ganz nach unten, fand aber nichts als dicke, schwere Vorhänge. Schließlich verschloss sie die Truhe wieder und setzte sich darauf.

»Ich fange mit dem Schrank an«, sagte Cleo. »Anja war auf der Suche nach Klamotten fürs Musical, als sie diese Sache über ihren Stiefvater herausgefunden hat.«

Katharina dachte an die gelbe Blechdose, die sie mit nach Hause genommen hatte. In diesem Schrank hatte Anja sie also gefunden.

Cleo öffnete die rechte Schranktür und tastete den Boden ab. »Mist, wir bräuchten eine Taschenlampe!«, schimpfte sie und kroch noch tiefer in den Schrank hinein.

Eine Lampe hatte Katharina. Sie benötigte sie manchmal bei der Untersuchung der Leichen oder in der Putzkammer vom Heim. Als sie ihre Tasche öffnete, um sie herauszuholen, fiel ihr Blick auf die Plastiktüte, in die sie das T-Shirt gepackt hatte.

Mensch, das ist es.

Schnell machte sie die Tasche wieder zu, drückte sie fest an ihren Bauch und ging rüber zu Cleo. »Lass mich mal«, rief sie in den Schrank hinein. »Ich habe gute Augen.«

Cleo kam mit dem Hinterteil zuerst aus dem Schrank gekrochen. »Danke«, sagte sie und richtete sich wieder auf. Sie klopfte den Staub aus ihren Klamotten und Haaren.

»Du kannst dir ja da drüben den alten Sekretär anschauen«, schlug Katharina vor und zeigte auf den dunklen, kleinen Holzschreibtisch, der exakt in der anderen Ecke des Dachbodens stand. Cleo nahm ihren Vorschlag an.

Jetzt musste Katharina sich beeilen. Das Tagebuch konnte genauso gut in dem Sekretär sein. Sie drehte Cleo den Rücken zu und stellte sich dicht vor den Schrank. Unbemerkt öffnete sie ihre Tasche. In dem Moment gab Cleo einen Schrei von sich.

Erschrocken fuhr Katharina zusammen, schloss die Tasche wieder und lief zu Cleo, die zusammengesunken vor einem Umzugskarton hockte. Katharina las in großen Buchstaben: *ANJAS KISTE.*

Cleo hatte sie geöffnet, die vier Laschen hingen zu allen Seiten herab. Katharina kniete sich neben Cleo und betrachtete das Sammelsurium in der Kiste. Sie sah eine Puppe, einen kleinen Rucksack und ansonsten lauter bunte Dinge, die sie auf den ersten Blick nicht identifizieren konnte. Cleo zog die Nase hoch und erst jetzt registrierte Katharina, dass sie weinte. In ihrer Hand hielt sie die Hälfte eines Lebkuchenherzens und drückte es an ihre Brust. Katharina saß stocksteif da und hätte doch nichts lieber getan, als Cleo zu trösten. *Aber wie?* Ungelenk legte sie ihren linken Arm auf Cleos Schulter, sagte jedoch nichts.

»Hast du ein Taschentuch?«, fragte Cleo und Katharina kramte eines hervor und gab es ihr.

»Was ist das für ein Herz?«

»Es ist…«

Cleo schnäuzte sich und rieb sich anschließend mit demselben Tuch das Gesicht trocken. Es war brütend heiß hier oben.

»Es ist unser Lebkuchenherz. Wir haben es von unserem ersten Taschengeld gekauft. Es reichte nur für eins. Wir waren sechs Jahre alt, gerade in die Schule gekommen. Es machte uns nichts aus, dass wir nur Geld für ein Herz hatten, wir haben ja eh alles geteilt. In unserem Hochstand haben wir es dann in der Mitte durchgebrochen.«

»Hast du die andere Hälfte noch?« Katharina nahm möglichst unauffällig den Arm von Cleos Schulter. Es fühlte sich komisch an, vor allem, weil sie nicht wusste, wo sie mit ihrer Hand hinsollte, die hing so eigenartig herunter.

Cleo antwortete nicht. Sie legte das halbe Herz in ihren Schoß und strich mit dem Zeigefinger über die weiße Zuckerschrift: *Für.*

»Für immer stand drauf. Das *immer* ist meins. Wir haben uns damals geschworen, für immer zusammenzubleiben.«

»Das ist schön.«

»Ja, das war sehr schön. Und jetzt …«

Sie schnäuzte sich noch einmal in das Taschentuch und Katharina gab ihr ein neues.

»Jetzt ist sie weg. Es ist, als hätte man einen Teil von mir abgehackt. Aber weißt du, was das Schlimmste ist?«

»Hmmm?«

Cleo fing wieder an zu weinen.

»Sie hat ihres aufgehoben, genau so, wie wir es verabredet haben. Und ich …« Jetzt schluchzte sie laut auf. »Ich habe meins längst weggeschmissen.«

Sie pfefferte mit voller Wucht das Herz zurück in die Kiste und rief: »Ich bin eine total beschissene Freundin. Ich bin nichts wert, nichts, nichts, NICHTS!«

»Aber Cleo, das stimmt doch gar nicht. Du bist eine sehr gute Freundin.«

»Wie kommst du darauf? Das weißt du doch gar nicht!«

Wenn Cleo wüsste, wie oft Katharina die beiden beobachtet und um ihre Freundschaft beneidet hatte!

»Du begibst dich zum Beispiel in Gefahr, um Anjas Mörder zu finden. So etwas machen nur gute Freundinnen. Und so ein Lebkuchenherz, was ist das schon?«

Die Worte flossen einfach nur so aus ihr heraus. Es war plötzlich ganz leicht. Und trotz Cleos Leid fühlte sich Katharina mit einem Mal richtig wohl.

»Meinst du?«, fragte Cleo und schaute Katharina mit glasigen Augen an.

»Na klar! Ich wäre froh, wenn ich eine Freundin wie dich hätte.«

Was für ein Satz! Hätte sie vorher gewusst, was sie sagen würde, hätte sie ihn wahrscheinlich zurückgehalten. Aber jetzt war es zu spät.

Cleo rückte ein Stück zur Seite, damit sie Katharina besser anschauen konnte. Die wäre vor Scham am liebsten im Erdboden versunken.

»Du bist wirklich sehr nett, Katharina. Auch wenn du nicht recht hast. Anja war eine gute Freundin, ich nicht!«

Sie steckte ihr benutztes Taschentuch in die Hosentasche und stand auf.

»So, jetzt ist Schluss damit!« Sie schloss den Deckel der Kiste. »Wir müssen weitermachen.«

Katharinas Bauch verkrampfte sich. So gerne hätte

sie diesen Moment eingefroren. Einfach noch ein bisschen gemeinsam hier sitzen und die Nähe genießen.

»Machst du den Schrank? Dann geh ich zu dem Schreibtisch.«

Katharina nickte und die beiden Mädchen trennten sich. Cleo ging in die dunkle Ecke zum Sekretär, Katharina zum sonnenbeschienenen Schrank. Sie öffnete ihre Tasche, zog sich möglichst geräuschlos ein Paar Einmal-Handschuhe über und holte das blutverschmierte Hemd ganz vorsichtig aus der Plastiktüte. Normalerweise hatte sie kein Problem mit Blut, schließlich hatte sie täglich in der Gerichtsmedizin damit zu tun. Doch als sie das angetrocknete But von Anja auf dem T-Shirt sah, wurde ihr schwindelig und es pulsierte in ihren Ohren.

Die dunkelrote Lache auf dem weißen Steinboden, erst auf der Platte, auf der der Kopf lag, dann in den Fugen ...

Sie musste sich setzen, sofort. Sie ging in die Knie und blickte rüber zu Cleo, die auf einem alten Bürostuhl saß und sich tief über eine geöffnete Schreibtischschublade beugte. Katharina wollte ihre Idee in die Tat umsetzen, doch die Angst hemmte sie. Sie hatte nicht genug Zeit zum Nachdenken gehabt, wer wusste schon, was sie alles nicht bedacht hatte. So hockte sie einfach nur da, das Hemd in der Hand, und starrte zu Cleo.

In dem Moment zog eine Wolke vor die Sonne und

die Farbe des Lichts auf dem Dachboden wechselte schlagartig von einem warmen Gelb zu einem nüchternen Grau. Der Stimmungswechsel riss Katharina aus ihrer Starre. Sie erhob sich und richtete sich gerade auf. Mit fester Stimme rief sie laut und deutlich: »Hier, ich hab was gefunden!« Und dabei hielt sie das Shirt in die Luft.

Cleo ließ sofort alles liegen und kam angerannt. Als sie erkannte, dass das Hemd voller Blut war, blieb sie einige Meter entfernt stehen.

»Iiihh«, rief sie und verzog angeekelt das Gesicht. »Was ist das?«

»Ein Hemd mit Blut. Es gehört bestimmt Anjas Stiefvater, so groß wie das ist.«

»Wo hast du es gefunden?«

»Im Schrank.«

»Das ist ja widerlich. Meinst du ...« Cleo sprach nicht weiter. Entsetzt hielt sie die Hände vor den Mund. Ihre Augen waren weit aufgerissen und sie hielt die Luft an.

Katharina sagte: »Vielleicht ist das der Beweis, den wir brauchen. Komm, wir lassen das mit dem Tagebuch.«

»Ja ... ja ...« Zu mehr war Cleo nicht in der Lage. Sie zitterte am ganzen Leib, setzte sich auf die Kiste und legte das Gesicht in die Hände. »Es ist entsetzlich. Es ist alles so entsetzlich!«

Katharina nahm eine verstaubte Plastikplane, die auf dem Boden lag, und wickelte das Hemd darin ein. Sie stand unter absoluter Hochspannung, noch war das Spiel nicht gewonnen. Trotzdem spürte sie einen Anflug von Euphorie. Cleo hatte den Köder geschluckt.

»Ich steck's in meine Tasche.«

Cleo rührte sich nicht. Katharina legte ihr eine Hand auf die Schulter.

»Komm, Cleo, wir verschwinden.«

»Ja«, sagte sie leise und ließ sich wie hypnotisiert von Katharina zur Treppe führen.

Sie stiegen in den ersten Stock hinunter, schoben die Treppe wieder hoch und stellten den Stab zurück in seine Ecke. Während dieser ganzen Zeit konzentrierte sich Katharina auf ihren neuen Plan, wägte ab, prüfte jeden Schritt und wurde langsam ruhiger. Es fühlte sich alles richtig an.

»Komm mit«, sagte sie und führte Cleo am Unterarm nach draußen hinter die Garage zu den Mülltonnen.

»Was hast du vor?«

»Ich habe mir was ausgedacht.«

Katharina holte die Plastikplane mit dem T-Shirt aus ihrer Tasche und öffnete den Deckel der schwarzen Restmülltonne.

»Wo hast du die Handschuhe her?«

Diese Frage hatte sie erwartet.

»Die hab ich auch im Schrank gefunden, zum Glück. Das Blut ... ich fand es irgendwie ...«

Cleo nickte verständnisvoll.

»Jetzt müssen wir die Sache nur noch ins Rollen

bringen.« Katharina schmiss das Plastikpaket in die Mülltonne.

»Was tust du da? Das ist unser Beweisstück. Das muss doch zur Polizei!«

Katharina atmete tief ein. Ihr war klar, dass der nun folgende Köder nicht so leicht zu schlucken sein würde. »Ich habe mir überlegt, dass wir damit nicht einfach zur Polizei gehen können.«

»Warum nicht?«

»Na ja. Das war nicht in Ordnung, was wir getan haben.«

»Hmmm. Stimmt.«

»Und außerdem darf ich nicht zur Polizei, weil ich... weißt du, meine Mutter...«

Mist! Jetzt fange ich auch noch an zu stottern. Sie wird mir nicht glauben. Sind das Zweifel in ihren Augen?

Katharina kratzte mit dem Fingernagel festgeklebte Müllreste von der Tonne.

»Was ist mit deiner Mutter?«

»Ich hätte für meine Mutter und mich nicht genug Geld, wenn ich bei den Diekamps nicht schwarzarbeiten würde.«

Katharina sah Cleo prüfend an. In den Augen des anderen Mädchens lag eindeutig Erstaunen.

»Du musst für deine Mutter sorgen?«

Blitzartig bog Katharina die Realität so zurecht, wie es ihr am nützlichsten schien.

»Ja. Meine Mutter ist schon seit Jahren krank. Ich

kümmere mich um sie. Sie liegt den ganzen Tag im Bett.« Sie versuchte, möglichst unbeschwert zu klingen, denn sie wollte kein Mitleid, sondern ... Ja, was eigentlich? Anerkennung?

»Und dein Vater?«

»Der ist schon lange tot.«

»Oh.«

»Das macht aber nichts«, meinte Katharina. »Ich hab das im Griff. Also, lassen wir das jetzt mit der Polizei?«

»Ja, natürlich. Aber was machen wir dann stattdessen?«

Katharina war erleichtert. Cleo hatte den zweiten Köder geschluckt. Um ehrlich zu sein, war sie auch ein bisschen stolz auf sich, denn die rührselige Geschichte mit ihrer Mutter und ihrem Vater hatte sie exakt in der richtigen Dosierung und zum richtigen Zeitpunkt angebracht.

»Wir gehen in ein Internetcafé und loggen uns als Anja bei Facebook ein. Was meinst du, wie schnell der Kommissar reagieren wird, wenn wir ihm im Namen von Anja die Freundschaft anbieten!«

»Krasser Plan!«

»Und sobald er uns geaddet hat, erzählen wir ihm die Sache mit dem T-Shirt.«

»Okaaay«, sagte Cleo und sprach erst weiter, nachdem sie kurz überlegt hatte. »Der Kommissar wird nicht rauskriegen, wer das geschrieben hat, aber die Information mit dem Shirt in der Mülltonne bekommen. Der Stiefvater wird gefasst und wir bleiben draußen. Respekt.« Sie nickte anerkennend, hielt aber sofort wieder inne. »Halt! Wir haben Anjas Passwort nicht.«

»Klar hab ich das.«

Cleo wich zurück. Ihre Aussage hatte sie verletzt, das erkannte Katharina an der Falte zwischen Cleos Augen und der etwas nach unten geneigten Kopfhaltung. *Ist ja auch logisch.* Sie musste verdammt noch mal vorsichtiger sein. Es war okay, wenn Cleo glaubte, dass Katharina für Anja wichtiger gewesen war als bisher vermutet, aber Cleo durfte auf keinen Fall annehmen, dass sie Anjas engste Vertraute gewesen war. Das musste Cleos Rolle bleiben, für immer. Neid war das Letzte, was Katharina wollte.

»Wieso hast du ihr Facebook-Passwort?«, fragte Cleo und sah Katharina durchdringend an.

Wenn Blicke töten könnten …

Katharina versuchte ein beschwichtigendes Lächeln, hatte aber keine Ahnung, ob es ihr gelang. »Als sie mal krank im Bett lag und noch keinen Laptop hatte, sollte ich ihr was vorlesen. Sie konnte nicht aufstehen, also hat sie mir ihr Passwort gesagt.«

Eine billige Lüge, aber sie konnte ja schlecht erzählen, dass sie sich im Laufe der Zeit alle Passwörter und PIN-Nummern von Anja organisiert hatte.

Es schien zu funktionieren. Cleos Haltung und ihre Gesichtszüge entspannten sich wieder und schließlich sagte sie: »Dann lass uns jetzt sofort in ein Internetcafé fahren. Ich kenne eins in der Nähe vom Bahnhof.«

Sie nahmen den nächsten Bus in die Stadt und Katharina fühlte sich so gut wie schon lange nicht mehr.

14. Kapitel

Cleo kannte das Internetcafé bisher nur von außen, weil sie und ihre Freunde alle selbst Internetanschluss hatten. Aber jetzt und heute war dieses Café die beste Lösung. Heim konnte sie nicht, weil ihre Eltern wahrscheinlich jeden Moment zurückkamen und sie ihnen gegenüber ein schlechtes Gewissen hatte. Sie hätte ihnen wegen Anjas Tod natürlich Bescheid geben müssen.

Die Tür zum Internetcafé stand offen, trotzdem war es drinnen total heiß. Überall standen billige Plastikmöbel, die Wand war vergilbt und der Typ mit den langen, fettigen Strähnen hinter dem Tresen sah aus, als hätte er sein Leben schon hinter sich. Cleo bezahlte für eine halbe Stunde und bekam einen Zettel mit einem Zugangscode in die Hand gedrückt.

»Tisch 7«, brummte er. Dann drehte er seine Zigarette fertig und stellte sich vor die Tür zum Rauchen.

Außer ihnen waren noch eine Punkerin und zwei

Männer in dem Laden. Die Männer saßen schweigend am Tresen und tranken Bier, die Punkerin schien zu skypen, zumindest saß sie an Tisch 3 und quatschte in einer undefinierbaren Sprache in ein Mikro.

Katharina schob den freien Stuhl von Tisch 8 rüber und sie setzten sich beide vor den Bildschirm. Cleo nahm die Maus und klickte sich bis zu Facebook durch. Gleich würde sie Katharina nach dem Passwort fragen müssen, eine komische Situation. Eigentlich war sie immer diejenige gewesen, die alles über Anja wusste, und nun hatte ihr jemand anderes eine so wichtige Information voraus. Wieder regte sich ihre Eifersucht.

»Für immer«, sagte Katharina plötzlich.

Cleo erschrak. *Was soll das? Will sie mich ärgern?*

»Ihr Passwort. *Für immer.* In einem Wort und mit *ue.*«

»Ach«, sagte Cleo, wollte es eintippen, konnte aber nicht, weil ihre Hände zu sehr zitterten.

»Soll ich?«

Cleo nickte und die beiden wechselten die Plätze.

Katharina tippte das Passwort ein. Anjas Account erschien. Miri hatte ein großes Holzkreuz gepostet und ganz dick WARUM dazugeschrieben. Es folgten 104 Kommentare. Es hatte sich also herumgesprochen.

Cleo starrte auf den Bildschirm. All diese Kommentare, das Kreuz, Anjas Profilbild. Wieder wurde Anjas Tod ein Stückchen realistischer. Erst wenn man in Facebook *In einer Beziehung* postete, existierte die neue Liebe. Genauso funktionierte es scheinbar mit dem Tod.

Anjas Profilbild hatte Cleo vor einiger Zeit aufgenommen. Sie liebte dieses Lachen. Das Foto war mitten in einem Lachkrampf entstanden. Anjas Lachkrämpfe waren legendär. So kindlich und laut.

»Okay… der Kerl heißt, glaub ich, Matthias, warte….«

Cleo verscheuchte Anjas Lachen aus ihrem Kopf und konzentrierte sich wieder. Katharina gab *Matthias Wolff* in die Suchleiste ein und da war er. Sie klickte ihn an und seine Seite öffnete sich.

»Ist er das?«, fragte Katharina.

»Ja. Schau mal, die Nase, die war bestimmt mal gebrochen.«

»Ich finde ihn gar nicht so schlecht«, sagte Katharina und Cleo wunderte sich. So ein Satz passte nicht zu ihr, oder vielleicht doch? Möglicherweise brauchte sie nur ein bisschen Zeit.

»Hast du einen Freund?«

Katharina lief von einer Sekunde auf die andere rot an und Cleo hätte die Frage am liebsten wieder zurückgenommen.

»Tut mir leid«, schickte sie schnell hinterher. »Das geht mich nichts an. Also, ich habe keinen, falls es dich interessiert.«

»Ich auch nicht.«

Die beiden lächelten einander an. Erneut stellte Cleo fest, dass sie Katharina mochte. Sie wirkte so zerbrechlich, so einsam. Und dann die Sache mit ihrer Mutter, was für eine Belastung ... Sie war echt bewundernswert. Anja hatte ihr bestimmt viel bedeutet, denn Anja war Balsam für Menschen mit Problemen. Katharina blickte wieder auf den Bildschirm. Cleo lehnte sich nach hinten und betrachtete sie von der Seite.

Ich werde mich um Anjas willen um sie kümmern, ihr eine Freundin werden, für sie da sein, ihr helfen, ihr zuhören. Das bin ich Anja schuldig.

»Also, ich fang dann mal an«, sagte Katharina und begann zu tippen.

Sehr geehrter Herr Wolff.

Cleo beugte sich wieder vor, um besser mitlesen zu können.

Sie wundern sich vielleicht, dass ich mich heute an Sie wende, aber ich habe Ihnen etwas Wichtiges mitzuteilen.

»Sehr gut«, sagte Cleo.

Schauen Sie bei uns in die Mülltonne. Die steht hinter der Garage. Dort finden Sie einen wichtigen Hinweis.

Viel Glück und herzliche Grüße

Anja Diekamp

»Senden?«

»Senden.«

Katharina klickte. »Hoffentlich geht das gut.«

»Er hat 596 Freunde. Der ist bestimmt oft auf Facebook. Morgen spätestens sitzt Anjas Stiefvater im Gefängnis.«

»Unglaublich.«

Auf dem Bildschirm blinkte das Zeitlimit, in fünf Minuten war ihre Nutzungszeit zu Ende.

»Mensch, ich muss nach Hause. Meine Eltern machen sich sicher total Sorgen.«

In dem Moment fiel Cleo ein, dass ihr Handy den ganzen Tag nicht geklingelt hatte. Sie nahm es aus der Hosentasche und sah, dass es ausgeschaltet war. Das war wahrscheinlich passiert, als sie es nach dem Journalistenanruf in die Ecke geknallt hatte. Sie stellte es an und dann traf sie fast der Schlag. Dreizehn Mal hatte ihre Mutter angerufen, vier Mal ihr Vater, Miri neun Mal, Tobi vier Mal, Sarah fünf Mal....

»Krass«, sagte sie kopfschüttelnd und stand auf.

»Was ist denn?«, fragte Katharina.

»Ich muss gehen. Meine Eltern und meine Freunde laufen Amok. Ich hatte über fünfzig Anrufe.«

Katharina riss die Augen auf und wiederholte die Zahl: »Fünfzig?«

»Ja. Na ja, ist ja auch klar. Ich muss jetzt auf jeden Fall telefonieren und dann nach Hause. Wann ...«

»So viele Anrufe hatte ich in meinem ganzen Leben nicht.«

»Echt nicht?«

»Ich hab gar kein Handy, nur Festnetz. Meine Mutter hasst Telefonieren und meine Arbeitgeber rufen selten an. Da gibt es einmal im Monat die Schichtbesprechung und das war's«, sagte sie und zuckte mit den Schultern.

In dem Moment bekräftigte Cleo ihren Beschluss. Niemand würde Anja je ersetzen können, das war klar, aber sie würde mit Katharina achtsamer umgehen als mit irgendeiner Freundin zuvor.

15. Kapitel

Heute hätte sie fast gepfiffen, während sie den Nassschrubber durch die untere Etage des gerichtsmedizinischen Instituts schob, so fröhlich war sie. »Hast du einen Freund?«, hatte Cleo sie gefragt. Und wie sie über Wolff geredet hatten, über seine Nase. *Wie richtige Freundinnen.* Das wusste Katharina – richtige Freundinnen sprachen so miteinander, sie hatte es oft genug beobachtet. Und nun hatte sie auch so geredet!

Tatsächlich summte sie jetzt eine Melodie, als sie den Nassschrubber zurück in die kleine Reinigungskammer stellte. Hoffentlich konnte sie heute noch in den Kühlraum. Sie wollte Anja unbedingt jedes Detail erzählen. Natürlich hätte das mit dem Sturz nicht passieren dürfen. Aber Katharina würde das Beste daraus machen. Sie würde Cleo eine gute Freundin werden und Anja rächen. Anja wäre mit Sicherheit mit dem neuen Plan zufrieden gewesen.

Zurück im blank geputzten Seziersaal setzte sie sich

wie gewohnt an den Schreibtisch und packte ihr Wurstbrot aus, das sie sich heute in einer Bäckerei gekauft hatte. Normalerweise nahm sie sich selbst geschmierte Leberwurstbrote mit, aber nach dem Internetcafé war sie nicht mehr nach Hause, sondern gleich ins Institut gefahren. Das Brot schmeckte köstlich. Schinken, Schnittkäse, zwei Scheiben Gurke und ein Blatt Salat. Vielleicht sollte sie sich in Zukunft auch etwas Frisches auf ihr Brot legen. Sie nahm die Zeitung und blätterte sie durch. Auf der Seite mit den Todesanzeigen wurde sie fündig.

Henriette Mischeder

Sie ist von uns gegangen,
möge sie in Frieden ruhen.

Ihr Ehemann Sepp Mischeder

Wenigstens schien sie keine Kinder gehabt zu haben, stellte Katharina erleichtert fest und schnitt die Anzeige für ihren Ordner aus.

Durch das Souterrainfenster beobachtete sie dann, wie zwei Beamte einen älteren Kerl brachten. Den dicken Polizisten kannte sie schon, er ließ sich hier nicht oft blicken, hatte entweder keine ganze Stelle oder war nicht besonders erfolgreich im Verbrecherjagen, was bei dem Übergewicht logisch war. Er wurde von einer

Polizistin begleitet. Sie war neu, zumindest hatte Katharina sie noch nie gesehen.

Auf dem Hemd ihres Gefangenen klebte Blut. *Sehr gut.* Da musste allerhand untersucht werden, so wie der aussah. Katharina trat ans Fenster und beobachtete, mit welch festem Griff die Beamtin den Kerl die Treppe raufführte. Sie war schmal und klein und er hatte die Statur eines Bären und doch gab es für ihn kein Entkommen.

Früher wäre Katharina gern Polizistin geworden. Sie wollte die ganze Welt von solchen Typen befreien, sie von ihnen reinigen. Mittlerweile hätte sie alles getan, um Gerichtsmedizinerin zu werden. Sobald ihr Plan vollendet war, würde sie loslegen. Heute schien ihr alles möglich.

Als die drei nicht mehr zu sehen waren, steckte sie sich den Rest ihres Brotes in den Mund, packte ihre Sachen zusammen, wischte den Tisch sauber und betrat den Kühlraum. Eigentlich war sie davon ausgegangen, dass es ein unbeschwerter Besuch werden würde. Dem war aber nicht so, im Gegenteil. In ihrem Magen rumorte es und fast wäre sie wieder umgekehrt.

Wer sagte ihr denn, dass Anja sich über die Neuigkeiten freuen würde? Vielleicht hasste sie sie ja dafür, dass sie sich jetzt mit Cleo anfreundete? *Nein, Anja nicht.* Sie war keine von denen. Anja war nie eifersüchtig, sie war gut, konnte sich über alles und mit jedem freuen.

Sie mochte mich und Cleo hat sie geliebt. Sie hätte nichts dagegen, wenn wir Freundinnen wären. Sie nicht.

Katharina zog Anja aus der Dunkelheit und öffnete den Reißverschluss. Dann strömten die Worte in einem einzigen großen Schwall aus ihr heraus.

»Hallo, Anja. Ich bin's wieder. Es ist so schade, dass du nicht mehr da bist. Heute ist so viel passiert. Weißt du, ich habe Cleo näher kennengelernt, deine Freundin. Sie ist sehr nett, fast so wie du, ich mag sie und sie mich auch, glaube ich. Ist das nicht schön? Ich hatte erst Sorge, dass sie was wusste, sie hat nämlich bei mir angerufen und wollte sich mit mir treffen. Aber du hast ihr nichts erzählt. Da war ich so froh, wirklich. Ich hatte schon Gift eingesteckt vor lauter Angst. Womöglich hätte sie sterben müssen. Nicht auszudenken. Aber jetzt musst du dir keine Sorgen mehr machen, ich bleibe an ihrer Seite. Ich hoffe nur, dass sie dein Tagebuch nicht findet, weißt du, das suchen wir nämlich alle. Wo hast du das nur hingelegt?«

Katharina schwieg und schaute den reglosen Körper an, als erwarte sie tatsächlich eine Antwort. Dann holte sie sich eine kleine Trittleiter und setzte sich darauf.

»Stell dir vor, Cleo hat mir geholfen, meinen Vater zu überführen. Ich habe es mir nämlich anders überlegt und werde ihn nicht umbringen. Er wird ins Gefängnis kommen für seine Bosheiten. Ist das nicht eine gute Idee? Ich werde ihn besuchen und ihm meine ganze

Wut ins Gesicht schreien, bis er sich bei mir entschuldigt und bei meiner Mutter und bei Laura und dir, dieses Schwein!«

Katharina erschrak über ihre eigene Lautstärke. Sie atmete tief durch. Immer wieder brachte dieser Kerl sie in Rage. Um der aufkeimenden Wut keine Chance zu geben, plapperte sie einfach weiter, ohne nachzudenken.

»Es ist nicht schlimm, dass du nicht antwortest. Ich weiß, dass du mir zuhörst. Laura hört mir auch immer zu, wenn ich mit ihr spreche. Und Mama auch. Ich bin es gewohnt, keine Antworten zu bekommen, es macht mir nichts aus, wirklich.«

Plitsch ... Plitsch.

Ein leises Geräusch lenkte sie ab. Es dauerte ein paar Sekunden, bis Katharina merkte, dass es ihre Tränen waren, die auf Anjas Unterarm tropften. Sie wischte sich mit dem Handrücken die Augen trocken und richtete sich wieder auf.

»'tschuldigung, ich bin so durcheinander. Weißt du, es ist alles so neu und so viel. Ich wollte doch nur ... Ich wollte einfach nur frei sein, frei von ihm, von der Vergangenheit, von meinem Leben ... Und jetzt liegst du hier ...«

Ihr Weinen war nicht mehr aufzuhalten. Sie erhob sich und blickte auf Anja hinab. Die Tränen trafen nun Anjas Oberkörper und das wollte sie nicht.

Reiß dich zusammen, Katharina!

Vorsichtig trocknete sie mit ihrem Lappen die Tränen ab und zwang sich, ruhig zu atmen und den Weinkrampf zu stoppen. Sie war heute so gut drauf gewesen und jetzt das. So hatte sie sich das nicht vorgestellt.

»Ich muss gehen, Anja. Wahrscheinlich sehe ich dich nicht wieder. Du merkst ja …« Ihre Stimme wurde immer leiser. »… ich kann das nicht. Vielleicht wird er genau in dieser Minute abgeführt. Ist das nicht wunderbar? Es wäre so schön, wenn du das alles mit uns teilen könntest, so schön.«

16. Kapitel

Schatz, es ist jetzt 7 Uhr. Wie geht es dir?«

Cleo hörte die Stimme ihrer Mutter und hätte sie am liebsten gleich wieder weggeschickt. Doch dazu hätte sie etwas sagen müssen, was sie gerade einfach nicht konnte.

Ihre Eltern hatten sich gestern natürlich schreckliche Sorgen gemacht. Zwei Stunden waren sie bereits zu Hause gewesen, als Cleo schließlich gekommen war. Sie hatten von Anjas Tod erfahren und Cleo nicht erreicht. Mama war durch die Hölle gegangen, das hatte Cleo an ihren roten Augen gesehen. Aber sie waren nicht sauer, hatten ihr keine Vorwürfe gemacht, sondern sie einfach nur in die Arme genommen und ihre Hilfe angeboten. Ob sie wegfahren wollte für ein paar Tage, um Abstand zu gewinnen, hatte Papa gefragt, und was sie tun könnten. Doch Cleo wollte nichts, nur allein in ihrem Zimmer sein, was sie ihr ohne Meckern zugestanden hatten.

»Hast du denn wenigstens ein bisschen geschlafen?« Ihre Mutter setzte sich auf die Bettkante und strich ihr über den Rücken. »Meinst du wirklich, dass du heute in die Schule gehen willst?«

In die Schule, mein Gott, heute ist Montag und ein ganz normaler Schultag. Ohne Anja. Wie soll das funktionieren?

»Ja, ich gehe auf jeden Fall«, nuschelte Cleo. Sich den ganzen Tag hier aufzuhalten, war keine Alternative.

»Soll ich dich bringen?«

Cleo schüttelte den Kopf, der daraufhin heftig wehtat. Bis mindestens 2 Uhr hatte sie mit Miri und Robert telefoniert. Die hatten sich gestern alle zum Physiklernen getroffen. Ein Fach, das Cleo längst nicht mehr belegte. Niemand hatte sie ausgeschlossen oder gar vergessen. Sie fühlte einen Kloß im Hals. Nach den Telefonaten hatte sie sich den Rest der Nacht mit Vorwürfen und schrecklichen Bildern rumgeschlagen. Vorwürfen sich selbst gegenüber, weil sie eifersüchtig wegen Nichtigkeiten war. Und Bilder von Anja in einem Grab, einem Sarg…

Wie soll ich die Schule heute überstehen?

»Ich rufe in der Schule an und entschuldige dich, ja?«

»Nein, ich will gehen«, antwortete Cleo der Wand.

»Meinst du wirklich?«

Bitte, Mama, BITTE, geh einfach.

»Gut, dann mache ich dir jetzt Frühstück, ja?«

»Ja.«

Ihre Mutter verließ das Zimmer. Draußen flüsterte sie mit ihrem Vater, Cleo verstand aber kein Wort. Papa kam nicht rein, obwohl sie sich bei ihm sogar gefreut hätte. Er ließ sie meistens in Ruhe, bei ihm konnte sie sein, wie sie war.

Sie musste bei Facebook nachschauen, ob Wolff schon reagiert hatte. Und sie musste unbedingt mit Katharina sprechen und sich mit ihr verabreden. Stöhnend stellte sie einen Fuß nach dem anderen auf den Boden und setzte sich hin. Sie nahm ihr Handy.

Wann stand Katharina noch mal auf? Sie hatten sich doch gestern auf der Busfahrt jeweils ihren Tagesablauf erzählt. *Verdammt!* Hatte sie wieder nur an sich selbst gedacht? Sie erinnerte sich, wie sie bei Katharinas Schilderungen tatsächlich abgeschaltet und sich vorgestellt hatte, wie *sie* wohl allein mit ihrer Mutter leben würde, wenn diese ein Pflegefall wäre. Zuhören war danach nicht mehr möglich gewesen. Sie rollte sich wieder auf dem Bett zusammen und zog das Laken über sich.

Wie wird man ein anderer Mensch?

In dem Moment klingelte ihr Handy. Die Nummer war unterdrückt.

»Hallo?«

»Hi, ich bin's, Katharina.«

Cleo freute sich, ihre Stimme zu hören.

»Oh, hallo, ich wollte dich auch gerade anrufen.«

»Ich weiß ja, dass du erst um 7 Uhr aufstehst, deshalb

hab ich bis jetzt gewartet. Hast du schon auf Facebook geschaut?«

»Nee, bin grad erst aufgewacht. Du?«

»Ja, er hat nichts kommentiert.«

Cleo hätte Katharina gerne gefragt, was sie heute machte, traute sich aber nicht, weil sie es ihr gestern bestimmt erzählt hatte.

»Du hast heute bis 13 Uhr Schule, oder?«

Na prima, Katharina hatte sich alles gemerkt, sie war wie Anja. Und was war *sie?* Eine egozentrische Egozentrikerin!

»Cleo?«

»Ja, sorry, ich bin noch dran. Die Schule geht bis eins, stimmt.« Sie rollte sich aus dem Bett und holte ihre Sachen aus dem Schrank.

»Was machst du danach?«

»Wollen wir uns treffen?«

»Ja, gerne.« Katharina freute sich wirklich. Cleo hörte es an ihrer Stimme.

»Wieder im Industriegebiet?«

»Okay, ich bin da.«

»Ich freu mich.«

Sie legte auf und ging ins Bad. Zum Duschen war heute keine Zeit mehr, also machte sie nur Katzenwäsche mit Deo und ein bisschen Schminke. Dabei musste sie an Katharina denken. Sie wirkte so einsam, hatte nur ihre Mutter – und jetzt sie. Irgendwann würde sie Katharina fragen, warum ihre Mutter ein Pflegefall war und warum sie sich um sie kümmerte und nicht eine Krankenschwester oder so. Was würde Anja wohl sagen, dass sie jetzt so viel Kontakt zu Katharina hatte? Früher hatten Anja und sie auch oft vor der Schule telefoniert.

Früher. Was für ein Wort.

Sie ging zurück in ihr Zimmer und schnappte sich ihre ungepackte Tasche. Heute war es egal, was sie dabeihatte, sie würde sich eh nicht konzentrieren können. Als hätte sie Blei unter den Füßen, schleppte sie sich zur Haustür.

»Schatz, ich hab dir einen Nutellatoast gemacht. Iss das doch bitte, bevor du gehst«, rief ihre Mutter aus der Küche, als Cleo gerade unbemerkt aus der Haustür verschwinden wollte.

»Mütter können durch Wände sehen«, hatte sie früher immer gesagt, erinnerte sich Cleo. Aus irgendeinem Grund rührte sie das in diesem Moment und sie ging in die Küche, um ihren Toast zu essen und das liebevoll vorbereitete Esspaket in Empfang zu nehmen. Ob Katharina von ihrer Mutter früher ein Brot mit in die Schule bekommen hatte? Bestimmt nicht, so wie sie die Beziehung zu ihrer Mutter bisher geschildert hatte.

»Tschüss, Mama«, sagte sie, als sie fertig war und ihr Brot in die Tasche gepackt hatte.

»Tschüss, mein Kind. Pass auf dich auf.«

17. Kapitel

Sie entschied sich für das Fahrrad und gegen den Bus aus Angst vor dem leeren Platz, der neben ihr gewesen wäre. Es war ein warmer Sommermorgen und der Fahrtwind tat ihr gut. Überall lauerten Erinnerungen. Hier, an der Ecke zur Mozartstraße, hatte sie neulich erst lange mit Anja gestanden, weil ihre Kette aus dem Fahrrad gesprungen war. Mit pechschwarzen Händen waren sie zu spät in der Schule angekommen und hatten einen Verweis kassiert, weil ihnen der blöde Baiersdorfer nicht geglaubt hatte. Cleo fuhr an den Häuserblöcken der ehemaligen Amisiedlung vorbei, wo mittlerweile sozial schwache Familien lebten. »Hier werde ich später mal arbeiten«, hatte Anja immer gesagt. Sie wollte Sozialarbeiterin werden und sie hätte ihre Sache gut gemacht.

Je näher Cleo der Schule kam, umso belebter wurde die Straße. Die Vorstellung, dass für die Menschen hinter all diesen Hecken und Mauern gerade ein ganz normaler Tag begann, war so unwirklich! Noch dazu schien es einer dieser unbeschwerten Sommertage zu werden, keine Wolke am Himmel, nur leuchtendes Blau.

Am Fuß der Treppe, die zum Schulgelände führte, sah Cleo Miri auf der Mauer sitzen und eine Zigarette rauchen. Diese riesige Sonnenbrille hatte Cleo noch nie an ihr gesehen. Sie schloss ihr Fahrrad ab und stellte sich direkt vor sie.

»Hi.«

Miri schreckte zusammen. Sie hatte Cleo nicht kommen sehen, weil sie die ganze Zeit auf den Boden geschaut hatte. Jetzt blickte sie zu Cleo hoch.

»Guten Morgen.«

Ihre Sonnenbrille ließ sie auf, wahrscheinlich hatte sie nach dem Telefonat den Rest der Nacht geweint. Miri trat ihre Zigarette aus und umarmte Cleo wortlos. Sie weinte auch jetzt.

»Komm, wir gehen hoch«, sagte Cleo und befreite sich aus der Umarmung. Sie wollte sie nicht trösten … nein, sie *konnte* nicht.

»Gibt's was Neues?«, fragte Miri und Cleos Magen zog sich zusammen. Sie hatte es schon bei den Telefonaten schwierig gefunden, nichts von der Facebook-Sache zu erzählen, und nun musste sie ihre Freunde die ganze Zeit anlügen, Katharina zuliebe. Vielleicht wäre sie doch besser zu Hause geblieben.

»Nein, keine Ahnung.«

»Es ist alles so schrecklich! Hoffentlich war sie wenigstens schon tot, als man sie…«

»Miri, hör bitte auf.«

Sie gingen die letzten Stufen nach oben und befanden sich nun auf dem großen Schulhof, vor der Bibliothek und den kleinen Bungalows, die vor einigen Jahren gebaut worden waren, als die Schule aus allen Nähten platzte. Schüler standen herum, begrüßten einander, schrieben Hausaufgaben ab, ein ganz gewöhnlicher Morgen also. Doch Cleo hatte das Gefühl, dass sich aus allen Ecken des weitläufigen Geländes Augen auf sie richteten und die Gespräche verstummten. Mit Sicherheit hatte sich Anjas Tod schon in jedem Winkel der Stadt herumgesprochen. Hinten links, bei den Stufen zu den naturwissenschaftlichen Räumen, zeigte jetzt ein Schüler aus der Mittelstufe auf sie und alle drehten sich zu ihnen um. Vor der Tür zum Musikbungalow das Gleiche.

»Die gucken alle«, sagte Miri, als sie quer über den Schulhof auf das Hauptgebäude zugingen. Seit Cleo beim letzten Musical die Hauptrolle gespielt hatte, war sie es gewohnt, dass alle auf sie zeigten und besonders die Kleineren tuschelnd zu ihr rüberglotzten. Doch diesmal fühlte es sich anders an, im Mittelpunkt zu stehen.

Zum Glück kamen in dem Moment Robert und Ben auf sie zu. Sie sahen mitgenommen und besorgt aus. »Hallo, ihr zwei, wie geht's?«

Cleo nickte. Miri schniefte. Weiter sagten sie nichts, standen einfach nur da, die Hände in den Hosentaschen, und blickten auf den Boden. Und dann kamen sie von überallher: Lara, Ela, Inga, Jasmin, Jana, Sophie, viele aus der Musical-AG, die Jungs aus der Kunst-AG. Sie stellten sich zu ihnen, schauten mal zu Cleo, mal zu Miri, mal auf den Boden oder wechselten Blicke untereinander.

Jana traute sich, eine Frage zu stellen: »Wie geht's dir, Cleo?«

»Na ja«, antwortete Cleo. Was sollte sie auch anderes sagen?

Jetzt fragte auch Michi: »Weiß man denn schon, was passiert ist? Ich hab's heute Morgen im Radio gehört, ich dachte ja echt, ich spinne!«

Michi war nie besonders feinfühlig, dennoch freute sich Cleo über sein Interesse. Oder war auch das am Ende nur Sensationslust?

»Nee, die Polizei tappt noch im Dunkeln«, antwortete sie.

»Scheiß Journalisten, die haben dreimal bei mir angerufen!«, sagte Miri.

Robert: »Bei mir auch.«

Ben: »Bei mir auch.«

»Und? Habt ihr denen was gesagt?«, fragte Cleo.

»Natürlich nicht.«

»Nein.«

Cleo wusste nicht so recht, ob sie ihnen glauben

konnte, aber es war ihr auch egal, solange die Journalisten sie in Ruhe ließen.

»Hat man sie wirklich in einem Grab gefunden?«, fragte Lara. »Ela hat vorhin so was erzählt.«

»Krass, war sie da schon tot?«

Alle Köpfe drehten sich zu Cleo. Und in dem Moment wusste sie, warum ihr der Weg in die Schule heute so schwergefallen war. Nicht nur wegen der Lücke an ihrer Seite, nein, sie hatte auch Angst vor der Sensationslust der anderen gehabt. Die wollten natürlich wissen, was passiert war, jedes Detail. Logisch, sie war ja früher nicht anders gewesen. Aber noch nie war sie selbst die Betroffene. Als das Mädchen aus der Elften nach einem Skiunfall plötzlich querschnittsgelähmt war, hatte sie auch jedes Detail wissen wollen – sie erinnerte sich noch genau. Tagelang hatte es kein anderes Thema an der Schule gegeben. Doch trotz der Tragik hatte Cleo nicht viel mehr für das Mädchen empfunden als Neugier. Wie sehr sie das jetzt anwiderte. Für *sie* war Anjas Tod eine Katastrophe, für viele ihrer Mitschüler lediglich eine Sensation.

Es gongte zum Unterricht, bevor Cleo geantwortet hatte. Sie machte sich mit den anderen auf den Weg in den Klassenraum. Wie ein Trauerzug überquerten sie den Schulhof.

Herr Gebhard, ihr Deutschlehrer, stand bereits an seinem Pult und neben ihm ein fremder Mann. Erst auf den zweiten Blick erkannte Cleo Kommissar Wolff.

»Das ist der Kommissar«, flüsterte sie.

»Echt?« Miri schob ihre Sonnenbrille nach oben und schaute sich den Fremden an. Ihre Augen waren tatsächlich verquollen. Sie sah erbärmlich aus.

Cleo traute sich nicht, Wolff direkt anzusehen. Aber aus dem Augenwinkel registrierte sie, dass er die eintretenden Schüler aufmerksam beobachtete. Ihr wurde heiß. Sie hatte das Gefühl, als würde auf ihrer Stirn in Leuchtbuchstaben *Schlechtes Gewissen* blinken. Was wollte der hier? Der Fall war doch geklärt! War er etwa noch nicht auf Facebook gewesen?

»Hi, Kleine. Alles klar?« Das war Tobi. Er strich ihr über die Schultern.

Normalerweise wäre sie jetzt vor Wonne einem Herzinfarkt nahe gewesen. Tobi hatte sie berührt und *Kleine* genannt. Seit wie vielen Wochen hätte sie für eine Geste wie diese alles gegeben? Doch heute ließ es sie kalt.

Sie wollte sich setzen, konnte aber nicht. Links von ihr saß Miri bereits auf ihrem Stuhl. Der Platz rechts neben Cleo war frei und würde es auch bleiben. Da sie in Gegenwart des Kommissars nicht weiter auffallen wollte, setzte sie sich schnell allein in die hinterste Reihe. Die war noch völlig leer, da der Deutschkurs klein war.

Sie beobachtete, wie der Rest der Gruppe eintrat. Es war auffällig still und alle, ohne Ausnahme, blickten zuerst auf den leeren Stuhl zwei Plätze rechts neben Miri, bevor sie sich setzten.

»Guten Morgen«, sagte Herr Gebhard in einem ernsten Tonfall.

Cleos Herz raste und sie rückte dicht an den Tisch heran, bis die Kante sich tief in ihren Bauch bohrte. Das gab ihr ein Gefühl von Halt.

»Wie ihr wahrscheinlich schon wisst, haben wir euch eine sehr traurige Mitteilung zu machen. Anja Diekamp ist am Freitagabend aus bisher noch ungeklärten Gründen getötet worden. Die Polizei kann Mord nicht ausschließen.« Er rang nach Worten.

Alle mochten den Gebhard, er war ein beliebter und guter Lehrer. Vor allem Anja und er hatten sich verstanden – logisch, Anja war eine Meisterin der Interpretation und an jedem Buch interessiert gewesen. Er holte ein Stofftaschentuch aus seiner Jacketttasche und wischte sich damit über die Augen. Es war ihm sichtlich peinlich. Alle starrten ihn gebannt an, keiner atmete mehr, man hätte eine Feder fallen hören können und Cleos Herzschlag.

»Ja, nun, also ...«, nahm Herr Gebhard unsicher den Faden wieder auf. »Herr Kommissar Wolff ist gekommen, um ein paar Fragen an euch zu richten. Bitte.«

Mit einer kleinen Geste übergab er das Wort an den Kommissar. Der trat an das Pult heran, auf das Gebhard sich jetzt seitlich stützte, die Augen geschlossen.

»Guten Morgen. Es tut mir sehr leid, dass ich diese schlechte Nachricht bestätigen muss. Ihre Mitschülerin Anja Diekamp ist tatsächlich gestern tot aufgefunden worden. Sie wurde kurz vor einer Beisetzung in einem fremden Grab entdeckt.«

Geräusche echter Bestürzung kamen von allen Seiten. Jana kreischte laut auf und hielt sich dann die Hände vor den Mund.

Robert brummte nur »So ein Schwein!«.

Wahrscheinlich meint er Anjas Stiefvater, dachte Cleo und erinnerte sich an das Telefonat mit Robert in der vergangenen Nacht. Sie hatte ihm von ihrem Verdacht erzählt und er hatte sich sofort total reingesteigert, ohne den Stiefvater überhaupt zu kennen.

»Wir arbeiten natürlich jetzt auf Hochtouren, um den Fall aufzuklären, und ich würde Ihnen deshalb gerne ein paar Fragen stellen: Hatte Anja Feinde?«

Die meisten schüttelten den Kopf, Tobi und Miri sagten laut: »Nein.«

»Hatte Anja in letzter Zeit Streit mit jemandem?«

»Nicht dass ich wüsste«, antwortete Miri.

Wolff blickte durch die Reihen. Manche schauten zurück, manche sahen verlegen auf die Tischplatte oder ihre Hände. Jana tauchte unter den Tisch und fummelte an ihrer Tasche, Cleo verschränkte die Arme vor der Brust.

»Wir mochten sie alle«, durchbrach Tobi endlich die unerträgliche Stille. »Ich kenne niemanden, der Streit mit ihr hatte.«

»Danke«, sagte der Kommissar und nickte Tobi zu. »Können die anderen das bestätigen?«

Allgemeines Nicken und vereinzelt zustimmende Laute.

»Ist Ihnen sonst etwas an Anja aufgefallen, hat sie sich in letzter Zeit anders oder auffällig verhalten?«

Cleo überlegte, ob sie sich melden sollte. Ihr war ja etwas aufgefallen, aber das hatte sie ihm bereits erzählt. Und sie wollte diese Stiefvatersache auf keinen Fall vor der ganzen Klasse ausbreiten.

Als hätte er ihre Gedanken gelesen, blickte Wolff sie plötzlich an und sagte: »Cleo, würden Sie in etwa zwei Stunden bitte zu mir ins Präsidium kommen?«

Wie auf Knopfdruck setzte sie sich gerade hin. »Ins Präsidium? In zwei Stunden? Da habe ich aber noch Unterricht.«

»Das macht nichts, Cleo, ich werde im Lehrerzimmer Bescheid geben. Du bist vom Unterricht befreit«, sagte Herr Gebhard.

Na super. Cleo sank wieder auf ihren Stuhl zurück und fühlte sich hundeelend. Mit dieser bescheuerten Facebook-Lüge im Nacken kam sie sich vor wie die Täterin persönlich.

»Wer kannte Anja denn noch sehr gut?«, fragte Wolff.

Miri meldete sich, Tobi, Lara, sogar Robert und Ben.

»Schreiben Sie mir bitte Ihre Namen und Telefonnummern auf einen Zettel, ich melde mich heute noch bei Ihnen.«

Es entstand Unruhe, als die Aufgeforderten sich Zettel und Stifte organisierten.

Wolff ging zur Tafel und schrieb seinen Namen und zwei Telefonnummern auf – die vom Präsidium und seine Handynummer. »Wenn Ihnen noch etwas Wichtiges einfällt oder mir jemand etwas unter vier Augen sagen möchte, bin ich unter diesen Nummern jederzeit erreichbar, Tag und Nacht.«

»Schreibt euch die Nummern bitte alle in eure Hefte«, unterstützte Herr Gebhard den Kommissar. Und wieder entstand ein allgemeines Geraschel. Nur Cleo blieb sitzen und schaute aus dem Fenster.

Wenn sich doch jetzt der Boden auftun würde und ich einfach verschwinden könnte, für immer, am liebsten zu Anja, wo auch immer sie jetzt ist.

18. Kapitel

Katharina legte zum dritten Mal den Hörer auf, ohne den geplanten Anruf getätigt zu haben. Es war zum Verzweifeln. Sie schaffte es einfach nicht abzusagen. Genervt von sich selbst, lehnte sie sich in ihrem Sessel zurück und schaute das Telefon an, als ob sie es beauftragen könnte, den Anruf allein zu erledigen.

Sie wusste ganz genau, wo das Problem lag: bei Frau Wittich. Was, wenn die total ausflippte? In den letzten fünf Jahren, die Katharina in dem Heim geputzt hatte, war sie erst zweimal zu spät gekommen. Gestern und am 2. Januar. Und selbst das schmierte die Wittich ihr täglich aufs Brot. Wie würde sie reagieren, wenn sie einen Tag lang gar nicht käme? Würde sie den Schwestern etwas verraten?

Katharina beugte sich wieder vor und konzentrierte sich. Egal wie lange sie darüber nachdachte, sie musste es tun und das Risiko eingehen. *Punkt!* Sie drückte auf Wahlwiederholung. Das Freizeichen ertönte einmal, zweimal, dreimal.

»Gebäudereinigung Schullert, was kann ich für Sie tun?«

»Hallo, Gaby, hier ist Katharina.«

»Hallo, Katharina. Was gibt's?«

»Ich kann heute nicht arbeiten.«

»Oh, bist du krank?«

»Ja, ich habe ...« Sie hustete ein bisschen, damit ihre Lüge realistischer wirkte. »Ich bin stark erkältet. Mit Fieber und so.«

»Ach je, das tut mir leid. Dann suche ich für die Gerichtsmedizin auch gleich einen Ersatz, oder?«

Katharina bekam einen Schrecken. Auf die Idee war sie noch gar nicht gekommen, dass sie ja dann am Abend auch nicht zur Arbeit gehen konnte. Wenn sie jetzt allerdings Nein sagte, wäre sie unglaubwürdig. *Mist.* Dann musste sie wohl heute ganz ohne Routine auskommen.

»Ja, das wäre nett.«

»Und du kurierst dich jetzt aus. Melde dich morgen wieder, wenn du noch einen Tag freihaben willst, okay?«

»Ja gut, auf Wiedersehen.« Katharina legte auf.

Dies war der erste Tag seit Ewigkeiten, an dem sie ihre Mutter nicht sah. Und an dem sie nicht putzte. Ein bisschen mulmig wurde ihr zumute, doch dann schob sie die Zweifel beiseite. Für die war heute kein Platz, denn heute war ein besonderer Tag. Und zwar schon von Anfang an. Gleich nach dem Aufstehen hatte sie ihre Wunden an den Händen verarztet – Heilcreme draufgeschmiert und verbunden. *Alles wird gut.*

Mit der dampfenden Kaffeetasse und ein paar Keksen setzte sie sich an ihren kleinen Schreibtisch und startete den Computer. Heute Nacht war ihr die Idee gekommen, Filme anzuschauen – Filme über Freundschaft. Sie hatte schließlich keinerlei Ahnung, wie man eine Freundschaft führte oder einfach nur Spaß hatte.

Während der Computer hochfuhr, tauchte sie einen Schokokeks in den heißen Kaffee und biss ab. Herrlich. Anschließend nahm sie einen Schluck und fand, dass sie auf dem richtigen Weg war. Einen derart selbstbestimmten Vormittag hatte sie noch nie verbracht.

Sie ging ins Internet und gab bei Google die Begriffe *Filme* und *Freundinnen* ein. Zunächst musste sie sich durch nichtssagende Foren klicken, doch dann stieß sie auf eine seriöse Filmseite, die zu diesem Thema fünf Titel vorschlug: *Grüne Tomaten, Thelma und Louise, Freundinnen, Bonneville – eine Reise ins Glück* und die Serie *Sex and the City.*

Von *Sex and the City* hatte sie gehört und davon, dass da vier Frauen über Männer und Sex sprachen. Dazu hatte sie keine Lust, eine solche Freundschaft wollte sie nicht. Sie las die Inhaltsangaben der anderen Filme und entschied sich für *Bonneville.* Und zwar weil er von drei Freundinnen handelte und nicht – wie *Thelma und Louise* oder *Grüne Tomaten* – von zweien oder wie *Freundinnen* sogar von vieren, das ging gar nicht. Obwohl Anja tot war, waren sie zu dritt. Hinzu kam noch, dass in der Inhaltsangabe von *Bonneville* eine der drei Frauen als schüchtern beschrieben wurde und dann im Laufe der Geschichte aufblühte. Das war ihr Film!

Sie erhob sich, ging zum Bett hinüber und schüttelte die Kissen auf. Dann holte sie den Laptop; Kaffee und Kekse stellte sie auf den Nachttisch. Daneben legte sie Block und Stift, falls sie etwas besonders wichtig fand. Als alles vorbereitet war, kuschelte sie sich unter die Bettdecke. Niemals hätte sie gedacht, dass es so einfach sein würde, mal etwas Außergewöhnliches zu tun, an einem sonnigen Montagmorgen alle Verpflichtungen sausen zu lassen und Filme anzuschauen. So ein Luxus! Sie drückte auf *Start*.

In dem Film ging es um eine Witwe, die die Asche ihres Mannes an einen bestimmten Ort bringen musste und auf der langen Autofahrt von zwei Freundinnen begleitet wurde. Eine davon hieß Carol. Sie war eine Spaßbremse und Katharina verstand nicht, warum die beiden anderen mit dieser Langweilerin befreundet waren. Was hatten sie davon? Diese Frage beschäftigte Katharina so sehr, dass sie auf nichts anderes mehr achten konnte, bis sie endlich die Antwort fand: Carol hätte alles hergegeben, um andere Menschen glücklich zu machen.

Als der Film zu Ende war, entschied sich Katharina für einen zweiten: *Thelma und Louise*. Sie hatte noch jede Menge Zeit und in dem Film gab es laut Inhaltsangabe nicht nur zwei Freundinnen, sondern auch eine Leiche. Sie ging auf die Toilette, holte sich noch einen Apfel und hüpfte schwungvoll zurück ins Bett. Wie Carol, die in einer Filmszene so ausgelassen zwischen ihren Freundinnen ins Bett gesprungen war, dass es zusammenkrachte. Katharina biss in ihren Apfel.

Anlauf nehmen und springen, in ein neues Leben, in ein Leben mit einer Freundin!

Sie freute sich so sehr über diesen Gedanken, dass sie laut lachte. Eineinhalb Stunden später saß sie dann aber laut schluchzend da. Sie weinte, weil die Freundschaft, von der *Thelma und Louise* erzählte, sie so rührte. Die beiden Hauptfiguren hatten am Anfang des Films einen Vergewaltiger umgebracht und waren auf der Flucht. Sie mordeten und klauten und trotzdem mochte man sie. Man liebte sie sogar, stellte Katharina begeistert fest. Weil sie gut waren, nicht nur zueinander, auch sonst. Sie handelten zwar gegen das Gesetz, aber in ihrem Herzen blieben sie rein. Und am Ende... Katharina konnte es nicht fassen und bekam vor lauter Spannung kaum noch Luft... Am Ende gingen sie gemeinsam in den Tod.

Katharina kannte nicht viele Filme, aber sie konnte sich nicht vorstellen, dass es irgendwo auf der Welt ein schöneres Filmende geben konnte als dieses. Während des ganzen Abspanns schluchzte sie laut. Und das fühlte sich gut an, als hätten die Tränen eine reinigende Wirkung.

Anschließend wickelte sie die Verbände von den Händen und stellte sich unter die Dusche. Die Wunden sahen immer noch schlimm aus, aber mit ein bisschen Puder und einem Spezialpflaster würde sie sie bald in den Griff bekommen. Noch zwei, drei Tage verstecken, dann war's vorbei. Sie trocknete sich ab und rieb mit dem feuchten Handtuch den beschlagenen Spiegel trocken.

Eigentlich war ihr ihr Aussehen immer egal gewesen. Sie wusste, dass sie weder besonders hübsch noch wirklich hässlich war – unauffällig war wohl das passende Wort. Wenn sie nicht beachtet oder angesprochen werden wollte, war es für sie ein Leichtes, sich unsichtbar zu machen. Schon in der Schule hatte sie die Fähigkeit gehabt, tagelang unbehelligt zu bleiben.

Sie band sich ihre schulterlangen mittelblonden Haare wie Carol zu einem hohen Pferdeschwanz zusammen und betrachtete ihre neue Frisur. Sie schüttelte den Kopf. Es sah langweilig aus, die Ohren standen zu weit ab und der Zopf spannte auf der Kopfhaut. Also ließ sie ihre Haare wieder fallen und fand, dass sie erbärmlich aussah. Ihr Gesicht war zu klein für ihre Körpergröße, dafür aber das Kinn zu lang. Ihr ganzer Kopf hatte falsche Proportionen. Wie bei Carol sah man bereits an ihrem Äußeren, an der Körperhaltung, den Klamotten, der Frisur, an allem, dass sie anders war. Oh, es gab für sie so viel zu tun …

Doch jetzt war es kurz nach 12 und für größere Veränderungen hatte sie keine Zeit mehr. Das machte aber nichts: Eine Freundin zu haben, bedeutete ja auch, etwas zusammen zu unternehmen. Sie konnte mit Cleo gemeinsam shoppen gehen. Wenn sie in Zukunft mehr Zeit mit ihr verbringen würde und mal mit ihr essen oder in eine Bar gehen wollte, musste sie sich ohnehin dringend Schminke und ein anderes Outfit besorgen. Sie dachte an die Szene in *Bonneville,* in der Carol und Arville sich mitten in der Nacht nach einem Streit gegenseitig Quarkmasken aufgelegt hatten.

So etwas tun Freundinnen. Sie streiten sich und sind dann doch füreinander da, immer.

»Wollen wir uns Quarkmasken machen?« Sie musste lachen. Nein, das klang albern.

»Wollen wir shoppen gehen?« Das war schon besser.

»Hey, Cleo, ich brauch ein paar Klamotten. Kommst du mit?« Sehr gut, so schwer war das gar nicht.

Aber was, wenn Cleo mit ihr über Männer reden wollte? Das passierte nicht nur in *Sex and the City,* sogar in den beiden Filmen, die sie gerade gesehen hatte, waren Männer immer ein Thema. Dabei ekelten sie Katharina an. Das Thema würde sie sofort im Keim ersticken müssen.

»Männer? Dazu kann ich nichts sagen.« Nein, das klang zu dumm.

»Männer? Da hab ich leider wenig Erfahrung, lass uns über was anderes sprechen.« Klang so förmlich, so langweilig.

»Männer? Ach, die sind doch doof!« *Gute Antwort.*

Siegessicher legte sie den roten Lippenstift auf, den sie sich zwar mal gekauft, aber nie benutzt hatte. Heute war dafür ein guter Tag, fand sie – wischte ihn dann aber sofort wieder weg, als sie das Resultat im Spiegel sah. So weit war sie noch lange nicht.

19. Kapitel

Genau so hatte Cleo sich ein Polizeipräsidium vorgestellt. Ein grauer Gang, auf dem Boden Linoleum, rechts und links Türen mit dunklem Holzfurnier, die meisten nur angelehnt, und links von den Türen Namensschilder. In jedem Raum saßen mindestens drei bis vier Beamte.

Vor Zimmernummer 2.4 blieb Wolff stehen. Er hatte Cleo unten am Haupteingang abgeholt. Jetzt griff er nach der Türklinke und lächelte Cleo an, als hätte er eine Überraschung für sie.

»Hier ist mein Büro.«

Er öffnete die Tür und ließ sie zuerst eintreten. Der Raum war unerwartet groß. Es standen drei Schreibtische darin, von denen zwei gnadenlos überfüllt waren mit Akten und Papieren. Wolff ging an Cleo vorbei zu seinem Schreibtisch, dem größten und einzig aufgeräumten. Er stand hinten rechts und etwas abseits. Cleo schloss daraus, dass Wolff der Chef war. Die anderen

Beamten waren nicht da, was Cleo beruhigte. Es war auch so schon unangenehm genug.

Am liebsten hätte sie sofort ihr verdammtes Geheimnis herausgerückt, beschloss dann aber, noch zu warten. Vielleicht konnte sie es ja doch verschweigen. Denn wie sie ihre Facebook-Aktion hätte erklären können, wusste sie beim besten Willen nicht.

Ihr wurde heiß.

Wolff setzte sich auf seinen Schreibtischstuhl. »Bitte, nehmen Sie Platz«, sagte er und deutete auf den Stuhl ihm gegenüber. »Haben Sie Durst?«

Cleo schüttelte den Kopf, obwohl sie schrecklichen Durst hatte, aber sie wollte sich hier nicht häuslich niederlassen, sondern alles so schnell wie möglich hinter sich bringen.

Wolff holte ein Aufzeichnungsgerät aus der Schublade und stellte es auf den Tisch.

»Das ist nur für das Protokoll, ich hoffe, es stört Sie nicht.«

»Nein.«

Er drückte auf *Aufnahme.*

»Danke, dass Sie gekommen sind, Cleo. Möchten Sie, dass ich Ihre Eltern hinzuziehe?«

»Nein, wieso?«

»Das muss ich fragen, weil Sie noch minderjährig sind.« Er lächelte freundlich.

»Ach so.« Das hörte sich alles sehr offiziell und ernst an. Da half auch sein Lächeln nicht.

»Ich möchte Sie noch darauf hinweisen, dass Sie auf Fragen, die Sie selber belasten könnten, nicht antworten müssen.«

Sie nickte und hatte das Gefühl, in einem schlechten Krimi gelandet zu sein.

»Gut, dann fange ich an. Ich weiß, Sie haben es mir schon einmal erzählt, aber ich möchte Sie bitten, es zu wiederholen. Was hat Ihnen Ihre Freundin Anja zwei Tage vor ihrem Tod gesagt?«

Cleo berichtete von Anjas merkwürdigen Andeutungen über ihren Stiefvater, dass irgendetwas bei ihm nicht stimmte.

Als sie nicht mehr weitersprach, fragte der Kommissar: »Und weiter?«

»Nichts weiter. Das war alles.«

»Es gab da nur diese kleine Andeutung? Haben Sie nicht nachgefragt? Sie waren doch ihre beste Freundin und sie schien etwas auf dem Herzen zu haben.«

Cleo wich das Blut aus dem Kopf und sie krallte ihre Finger in die Stuhllehnen.

»Geht's Ihnen gut?«

»Alles in Ordnung. Es ist nur…« Ihre Finger taten weh und sie ließ die Armlehnen los. »Ich mache mir große Vorwürfe, dass ich dieses Gespräch auf Freitagabend verschoben habe. Ich hatte keine Zeit, als sie es mir erzählen wollte.«

Dass es lediglich der bescheuerte Probenplan war, der sie abgelenkt hatte, erzählte sie ihm natürlich nicht und auch nicht, dass sie Anjas Bemerkung am Freitag schon wieder vergessen hatte.

»Haben Sie denn eine Vorstellung, was sie Ihnen erzählen wollte?«

»Nein, gar keine. Ich weiß nur…« Cleo rückte auf die Stuhlkante vor. Es war schrecklich heiß hier und ihre nackten Beine klebten unangenehm auf dem Plastik.

»Ja?«

»Also … ihren Stiefvater, den mochte ich noch nie.«

»Glauben Sie denn, dass er etwas mit ihrem Tod zu tun haben könnte?«

Cleo zögerte kurz, sagte dann aber: »Zutrauen würde ich es ihm schon.«

Der Kommissar betrachtete Cleo sehr lange. Eine Weile hielt sie seinem Blick stand, doch dann schaute sie unsicher auf die Tischplatte. *Er ist ein guter Polizist,* schoss es ihr durch den Kopf, *er sieht mir an, dass ich etwas verheimliche.* Sie hatte Durst.

»Es gibt noch jemanden, der nicht besonders gut auf Anjas Stiefvater zu sprechen ist.«

Cleo schaute weiter auf die Tischplatte. Sie ahnte, was jetzt kommen würde, und eine Mischung aus Scham und Angst erfüllte sie. Sie fühlte sich wie in Mathe, wenn sie an die Tafel gerufen wurde, aber absolut keinen Durchblick hatte – nur noch viel schlimmer.

»Ich habe eine Facebook-Nachricht erhalten – von Anja.«

Cleos Körper war aufs Äußerste angespannt und sie

versuchte, möglichst verwundert zu schauen. »Von Anja? Wann denn?«

»Als sie schon tot war.«

Cleo schwieg, ihr Herz raste.

»Jemand anders muss mir diese Nachricht geschrieben haben. Jemand, der das Passwort von Anja kannte.«

Wolff verschränkte die Hände hinter dem Kopf und lehnte sich weit in seinem Chefsessel zurück. Eine Geste, die Cleo noch mehr einschüchterte.

»Können Sie sich vorstellen, wer sich so einen Scherz erlaubt? Sie sind doch ihre beste Freundin.«

Auf der Tischplatte registrierte Cleo einige Risse und sogar einen Tintenfleck, der Tisch war ziemlich alt. Wie viele Straftäter wohl schon auf diesem Stuhl gesessen hatten?

»Cleo, nur zu Ihrer Information. Wenn Sie absichtlich etwas Unwahres sagen oder etwas Wichtiges verschweigen, könnten Sie spätestens vor Gericht Schwierigkeiten bekommen.«

Cleo schwieg. Das hörte sich alles so gruselig an. Wenn sie die Wahrheit sagte, bekäme sie doch auch Schwierigkeiten, weil er dann von dem Einbruch erfahren würde.

»Wir müssen davon ausgehen, dass derjenige, der die Facebook-Nachricht geschrieben hat, etwas mit dem Mord zu tun haben könnte.«

»Warum denn das?«, fragte sie etwas zu schnell und

zu laut. Sie stand auf und stellte sich ans Fenster, um den eindringlichen Blicken des Kommissars zu entgehen. Dabei war sie sich fast sicher, dass er, wenn er ein halbwegs guter Menschenkenner war, längst wusste, dass sie etwas mit der Nachricht zu tun hatte.

»Ganz einfach: Da hat jemand bewusst eine falsche Spur gelegt.«

»Falsch?«

»Ja, falsch.«

Der Kommissar trat neben sie. Beide blickten sie auf den absolut nichtssagenden Hinterhof des Polizeipräsidiums. Garagen, blaue und graue Müllcontainer, ein Baum, ansonsten Beton und die hellblaue Wand des nächsten Hauses.

»In der Nachricht wurde ich aufgefordert, in der Mülltonne der Diekamps nach einem Hinweis zu suchen, und den haben wir tatsächlich gefunden.«

»Das ist doch gut, oder nicht?«

»Wie man's nimmt. Unsere Spurensicherung hat die ganze Nacht gearbeitet: Das Haus der Diekamps wies keinerlei Kampf- oder Unfallspuren auf. Aber das Hemd gehörte dem Stiefvater und das Blut auf dem Hemd war von Anja.«

Das war eigentlich eine gute Nachricht und doch konnte sich Cleo nicht freuen, denn in den Schilderungen des Kommissars schwang unablässig ein ABER mit. Cleo wartete angespannt, doch er sprach nicht weiter. Stattdessen fummelte er an seiner Jacketttasche und holte ein Handy heraus. Er schaute auf das Display und steckte es wieder ein.

In der Hoffnung, dass es vielleicht doch kein ABER gab, fragte Cleo: »Kann ich gehen? Der Fall ist ja anscheinend geklärt.«

»Nein! Ist er leider noch nicht. Herr Diekamp hat seine Stieftochter nicht getötet!«

»Was?«

Der Kommissar hatte das in einem Ton gesagt, der keinen Zweifel zuließ. Cleos Kopf brummte. Sie hatte wirklich schrecklichen Durst. Wolff nahm wieder Platz.

»Setzen Sie sich doch bitte noch mal. Haben Sie immer noch keinen Durst? Diese Hitze ...« Er fächelte sich mit der Hand Luft in seinen Hemdkragen.

Was soll das hier werden?, fragte sich Cleo, während sie sich brav zurück auf den Stuhl setzte und ihre Hände unter die Oberschenkel legte, um nicht wieder festzukleben.

»Ich darf also noch nicht gehen?«

Wolff drückte auf die *Aus*-Taste des Aufnahmegeräts und sagte: »Es gibt da noch etwas. Aber vorher hole ich was zu trinken.« Mit großen Schritten verließ er das Büro.

Cleo scannte in Windeseile den Schreibtisch, auf der Suche nach einem möglichen Hinweis, was sie jetzt erwartete. Und da sah sie ihn, den Ordner mit Anjas Namen, ganz oben auf den akkurat gestapelten Akten. Ihr Herz raste.

Sollte sie den Ordner öffnen? Sie versuchte, die Geräusche im Gang zu deuten, und beschloss, es zu wagen. Der Ordner war erstaunlich schwer – was heftete man da alles rein? Sie schlug ihn auf. Namen, Daten, Nummern, die Cleo nicht verstand, etwas Handschriftliches, das sie nicht lesen konnte. Sie blätterte um und stieß auf eine Klarsichtfolie mit Fotos.

Als sie noch gar nicht richtig erkannt hatte, was das oberste Bild zeigte, bereute sie schon, den Ordner überhaupt angefasst zu haben. Sie sah nur noch rot, schlug den Ordner mit einem Ruck zu und schmiss ihn derart heftig zurück auf den Stapel, dass der zur Seite kippte und die Hälfte der Akten mit lautem Getöse auf den Boden krachte. Sie zitterte am ganzen Leib. Was war das, was sie da gerade gesehen hatte? Anja in einer Grube, ihr Kleid weit nach oben gerutscht, überall Erde und Dreck, die Augen geschlossen und dann ihre typischen rot geschminkten Lippen! *Wie schrecklich, wie würdelos.* Ihr liefen Tränen über die Wangen, als sie Hände auf ihrer Schulter spürte und jemand ihr ein Glas Wasser vor die Nase hielt.

»Hier, trinken Sie das.«

Cleo schüttete in einem Zug das ganze Glas Wasser hinunter. Dann zog sie die Nase hoch und wischte sich mit dem Handrücken die Augen trocken.

Der Kommissar setzte sich auf seinen Stuhl und füllte das Wasserglas erneut. Anschließend stützte er seine Ellenbogen auf die Tischplatte, beugte sich weit zu

Cleo hinüber und blickte sie mit seinen großen braunen Augen eindringlich an. Das konnte sie zwar nicht sehen, denn sie blickte starr zu Boden. Aber sie konnte es spüren. Kurz überlegte sie, einfach rauszurennen, weg, weit weg, aber ihre verbliebene Vernunft sagte ihr, dass es dadurch nicht besser werden würde.

»Erzählen Sie«, sagte er und stellte das Aufnahmegerät an.

Und als hätte er mit diesen zwei Worten einen Hebel in ihrem Kopf umgelegt, fing sie an zu erzählen. Von Anja, ihrer Freundschaft und von der Suche nach dem Tagebuch. Und wie sie plötzlich auf das Hemd gestoßen war und nicht wusste, wie sie dieses blutverschmierte Teil zur Polizei bringen sollte, ohne den Einbruch zugeben zu müssen. Katharina erwähnte sie nicht, damit sie keine Probleme mit ihrer Schwarzarbeit bekam. Endlich war sie mal eine gute Freundin.

Wolff lehnte sich währenddessen in seinem Stuhl zurück und blickte sie ernst an.

»Und dann kam Ihnen die Idee mit Facebook?«

»Ja.«

»Respekt. Das ist ganz schön clever.«

Cleo strich verschämt mit den Fingerspitzen über den Tintenfleck.

»Wir haben natürlich nachverfolgt, von welchem Computer die Nachricht geschrieben worden ist, und sind auch schon auf das Internetcafé aufmerksam geworden. Gut, dass Sie alles zugegeben haben, wir hätten es eh rausgekriegt. Ich wollte gleich einen Kollegen mit Ihrem Bild dorthin schicken.«

Cleo nickte erleichtert. Hätte sie es so weit kommen lassen, hätten sie rausgefunden, dass sie nicht allein dort gewesen war. *Glück gehabt!*

»Und wie sind Sie in das Haus gekommen?«

»Es gibt ein kaputtes Kellerfenster. Da sind wir als Kinder immer durchgeklettert. Es war zwar eng, aber es ging.« Cleo hoffte, dass der Kommissar das nicht überprüfen würde.

»Verstehe.« Er stand auf und stellte sich wieder ans Fenster.

»Sie hätten mir das nicht sagen müssen. Sie haben sich damit belastet. Das war Einbruch und Diebstahl. Ihnen ist schon klar, dass Sie damit eine Straftat begangen haben, oder?«

»Was geschieht jetzt mit mir?«

»Das ist Sache des Gerichts.«

»Und was glauben Sie?«

»Es war Ihre erste Tat, Sie sind bisher noch nicht aufgefallen. Ich glaube, Sie müssen höchstens ein paar Sozialstunden ableisten, aber versprechen kann ich nichts.«

Ein paar Sozialstunden für ein reines Gewissen. Das war ein guter Deal.

»Was steht in dem Tagebuch?«

»Das wollte ich eben rausfinden. Ich ... ich wollte einfach nicht, dass es jemand anderem in die Hände fällt.

Die Vorstellung, Sie oder Ihre Kollegen könnten Anjas Aufzeichnungen lesen, war für mich total schrecklich.«

Er nickte verständnisvoll. »Und haben Sie es gefunden?«

»Nein«, antwortete sie. »Wahrscheinlich hat der Täter es längst.« Sie trank das Wasserglas wieder leer. »Woher wissen Sie eigentlich so genau, dass es nicht der Stiefvater war?«

Wolff drehte sich um und legte die Hände auf die Lehne seines Schreibtischstuhls.

»Er hat ein Alibi.«

»Aber er hat doch alleine eine Radtour gemacht. Wie kann er da ein Alibi haben?«

»Das wollte er. Dann kam aber der große Regen und er hat sich spontan umentschieden, ist ins Schwimmbad gegangen und hat dort einen Kollegen getroffen. Die beiden sind gemeinsam ein paar Bahnen geschwommen und anschließend in die Sauna gegangen.«

»Oooh.« Mehr sagte sie nicht. Was hätte sie auch sagen sollen? Sie hatte sich die ganze Zeit auf den Stiefvater eingeschossen. Klar, erst die Bemerkung von Anja, dann das Sporthemd. »Aber wer war es denn dann?«

Wolff setzte sich, nahm einen Stift zur Hand und drehte ihn hin und her. Er sah sehr nachdenklich aus. Schließlich holte er einen Stoß Papier von einem Stapel neben dem Drucker und blätterte ihn durch. Dann sagte er: »Ich erzähle Ihnen jetzt mal was. Der Stiefvater Ihrer Freundin hatte vorher schon mal eine andere Familie. Und zwar in Gießen. Wussten Sie das?«

»Was? Nein, hab ich noch nie von gehört.«

»Und er hat eine Tochter.«

»Er hat was?« Cleo war fassungslos! *Anja hatte eine Stiefschwester?* »Wusste Anja das?«

»Das wollte ich Sie gerade fragen.«

»Sie hat nie was erwähnt. Nein, das wusste sie nicht. Ich bin sicher, dass sie mir das erzählt hätte.«

»Er war zehn Jahre lang mit einer Frau zusammen. Sie haben nie geheiratet, aber zwei Kinder bekommen. Die eine Tochter ist mit drei Jahren gestorben und die andere lebt wahrscheinlich noch.«

»Wissen Sie, wo?«

Wolff schüttelte den Kopf. »Leider nicht. Und Herr Diekamp wusste es auch nicht. Er hat vor langer Zeit den Kontakt abgebrochen.«

»Aber warum hat er es verheimlicht?«

Wolff antwortete nicht. Stattdessen blätterte er in dem Stapel Papier. »Wo ist es denn?«, murmelte er vor sich hin. »Das muss doch hier sein.« Er las und blätterte und las. »Ah, da ist es.« Er hielt eines der Papiere hoch. »Sagt Ihnen der Name Meinhard etwas?«

»Meinhard ...« Cleo dachte nach. »Wer soll das sein?«

»So hieß die langjährige Lebensgefährtin von Herrn Diekamp. Seine Tochter ist jetzt 22 Jahre alt.« Er blickte wieder auf das Papier. »Sabrina heißt sie. Sabrina Meinhard.«

»Nein, nie gehört.«

»Schade. Das Mädchen ist nicht auffindbar. Ihre Mutter haben wir bereits gefunden. Aber Sabrina ist wie vom Erdboden verschluckt.«

Cleo griff nach dem Wasserglas. Es war leer.

»Warten Sie, ich hol noch welches. Bei der Hitze muss man viel trinken.« Wolff legte die Papiere wieder sauber aufeinander und verließ den Raum.

Cleo starrte auf den Stapel. Die Blätter zogen sie magisch an. Es war bestimmt das Verhör mit Herrn Diekamp. Wie gerne würde sie das lesen! Sie zögerte. Noch so einen Schock wie mit dem Foto wollte sie nicht riskieren. Doch auf der anderen Seite wuchs ihre Neugier. Sie beugte sich über den Schreibtisch, nahm das Protokoll und fing mittendrin zu lesen an.

GD: Ich habe die Mutter meiner Kinder vor ungefähr zwölf Jahren verlassen, da waren meine Töchter zehn und drei Jahre alt. Dieses Familienleben, es war nicht auszuhalten, glauben Sie mir! Sie war ein Messie, hat nichts auf die Reihe gekriegt, ist immer fetter geworden, ich schwöre Ihnen, es war unerträglich. Dann habe ich meine jetzige Frau kennengelernt, sie ist das genaue Gegenteil: strukturiert, ehrgeizig, erfolgreich. Sie hat mir ein völlig neues Leben ermöglicht. So eine Chance bekommt man nur einmal im Leben, wenn überhaupt! Die hätte mich nie genommen, wenn sie gewusst hätte, aus was für einer Gosse ich komme.

MM: Sie haben also Ihrer jetzigen Frau eine frei erfundene Vergangenheit vorgegaukelt, verstehe ich Sie da richtig?

GD: Ja.

MM: Und wie hat Ihre erste Familie auf Ihr Verschwinden reagiert?

GD: Ich hab einfach nichts mehr von mir hören lassen, dabei hab ich immer in ihrer Nähe gewohnt. Aber die Mutter der Kinder war so gleichgültig. Ich wusste, dass sie mich nicht suchen würde. Und die Kinder waren zu klein.

MM: Hatten Sie denn kein schlechtes Gewissen?

GD: Sie haben gut reden.

MM: Setzen Sie sich bitte wieder, Herr Diekamp. Wie ist das mit Ihrem schlechten Gewissen?

GD: Sie waren sicher niemals in so einer Situation! Ich bin da reingerutscht, wollte die Frau nie, plötzlich war sie schwanger, dann bin ich mit ihr zusammengezogen, logisch, bin ja kein Unmensch, oder so. Ab da ging's bergab. Dabei wollte ich mal hoch hinaus, war ehrgeizig und fleißig. Ein kleiner Ausrutscher und für immer in die Gosse? Nein, nicht mit mir!

MM: Bitte bleiben Sie sitzen, Herr Diekamp.

GD: Ich schwöre Ihnen, mit der Frau war nichts möglich, außer vor der Glotze zu sitzen. Es war die Hölle! Dann kam auch noch das zweite Kind. Ich hab damals eine Menge Alkohol getrunken, um das alles zu ertragen. Und…

MM: Und weiter?

GD: Die Kleine war behindert, hatte immer so Krämpfe und musste Medizin schlucken. Sie ist dann irgendwann gestorben, da war ich aber schon weg.

MM: Wo sind Ihre Tochter und Frau Meinhard jetzt?

GD: Keine Ahnung.

Cleo hatte genug gelesen. Sie legte das Protokoll zurück und setzte sich wieder auf ihren Platz. *Was für eine Geschichte!* Wenn Anja davon irgendwas rausgekriegt hatte, dann …

Wolff kam zurück. Er war völlig außer Atem, als wäre er gerannt. »Entschuldigen Sie bitte. Ich habe Sie viel zu lange warten lassen. Aber der Kasten war leer und da musste ich rüber zur Sitte. Die hatten noch Wasser.«

Er schraubte den Verschluss ab und goss ein. Anschließend setzte er sich Cleo gegenüber. »Wo waren wir stehen geblieben?«

»Bei Sabrina Meinhard.« Sie durfte sich auf keinen Fall etwas anmerken lassen. Noch ein Vergehen und er wäre mit seiner Geduld bestimmt am Ende.

»Richtig. Haben Sie je von ihr gehört?«

»Nein, nie.«

»Meinen Sie, dass das die Geschichte war, die Anja Ihnen erzählen wollte?«

»Vielleicht.« Die Vorstellung, dass Anja ihr von einer Schwester hatte erzählen wollen und sie nicht zugehört hatte, tat entsetzlich weh.

»Darf ich jetzt gehen?« Sie musste hier raus.

»Ja«, antwortete Wolff. »Warten Sie, eine Frage noch.«

»Ja?«

»Frau Diekamp meinte, dass Anja ein Handy hatte. Wissen Sie zufällig, wo ich das finden könnte? Wir haben schon alles abgesucht.«

Cleo wich das Blut aus dem Kopf. Was sollte Wolff von ihr denken, wenn sie ihm jetzt sagen würde...

»Ich habe es.«

»Sie haben Anjas Handy?« Er war tatsächlich äußerst irritiert und fügte gleich noch hinzu: »Ich bin ja mal gespannt, was Sie noch so für Überraschungen auf Lager haben. Langsam machen Sie sich verdächtig, wissen Sie das eigentlich?«

»Ja«, sagte Cleo nur und kramte Anjas Handy aus ihrer Tasche. Sie legte es vor Wolff auf den Schreibtisch. »Darf ich jetzt gehen?«

»Meinetwegen«, antwortete Wolff leicht säuerlich und griff nach dem Handy. »Aber rechnen Sie bitte mit weiteren Fragen.«

20. Kapitel

Diesmal stieg sie an der Bushaltestelle Ostbahnhof aus und lief geradewegs auf das Café zu. Cleo war noch nicht da und alle Tische wie immer fast leer, nur ein an beiden Armen tätowierter Typ saß drinnen in einer Ecke und rauchte eine Zigarette. Sie setzte sich nach draußen. Trotz des schattenspendenden Sonnenschirms herrschten gefühlte 35 Grad. Sie bestellte sich wieder eine Cola. Etwas anderes wäre für sie undenkbar gewesen. Das Café und der Kellner sahen so schmierig aus – da grauste es ihr schon bei der Vorstellung, etwas zu trinken, das gelagert und von dem Typen angefasst werden musste. Kein Wunder, dass es hier immer so leer war.

Zehn Minuten später kam Cleo. Katharina beobachtete, wie sie aus dem Bus stieg, und erkannte an den herunterhängenden Schultern sofort, dass sie nicht gut drauf war.

Cleo ging direkt auf sie zu – nicht zu dem Stuhl gegenüber. *Was wird das?*, fragte sich Katharina. Noch bevor sie kapierte, was Cleo wollte, hatte sie ihr schon ein Küsschen auf die Wange gegeben und sie umarmt. *Unfassbar. Was für ein Gefühl!* Katharina musste sich zwingen, ihre Aufregung zu verbergen. Dies war eine ganz normale Begrüßung unter Freundinnen. Mehr nicht. Während Cleo sich ihr gegenübersetzte, drehte Katharina verlegen an ihrem Colaglas.

»Darf ich mal?« Cleo zeigte auf die Cola.

»Na klar!«, sagte Katharina und fand, dass dieses Treffen sehr gut begann.

Cleo trank einen großen Schluck.

»Geht es dir nicht gut?«, fragte Katharina.

»Ich ...« Cleo lehnte sich erschöpft zurück. »Ich habe gerade lauter schreckliche Dinge erfahren und jetzt bin ich völlig erledigt.«

»Wo warst du denn?«

Cleo wirkte geistesabwesend. Sie schaute auf das halb gefüllte Colaglas und schüttelte den Kopf. Zu gerne hätte Katharina jetzt Gedanken lesen können.

»Erzähl du erst«, sagte Cleo schließlich.

»Nein, du hast doch was auf dem Herzen.«

»Ich möchte aber gerne, dass du zuerst erzählst«, antwortete Cleo so bestimmt, dass Katharina keinen Widerspruch mehr wagte. Also gab sie die Lügengeschichte zum Besten, die sie sich unterwegs zurechtgelegt hatte.

»Mama hat heute allergisch auf Nüsse reagiert. Da

musste ich mit ihr zum Arzt. Das ist immer ein Riesendrama, weil sie so schwer ist und Stunden für ein paar Meter braucht.« Und dann erzählte sie noch, dass sie deshalb etwas zu spät in das Heim gekommen wäre, in dem sie jeden Vormittag putzte.

»Wow, du hast echt einen straffen Arbeitsalltag.«

Cleo schien beeindruckt und Katharina war zufrieden. Sie hatte sich vorgenommen, Cleo zu imponieren. Schließlich hatte sie wenig zu bieten und Freundinnen mussten einander ebenbürtig sein.

»Na ja, ich mag es so«, sagte sie schulterzuckend.

In dem Moment klingelte Cleos Handy.

»Mann, das Ding nervt! Seitdem die Schule aus ist, ruft jede Minute jemand an. Ich stell das Teil jetzt auf lautlos.« Sie holte das plärrende Handy aus dem vorderen Fach ihrer Schultasche und drückte den Anrufer weg, ohne nachzusehen, wer es war. Anschließend gab sie dem Kellner hinter der Theke ein Zeichen – er schien eingeschlafen zu sein. Als er angeschlurft kam, bestellte sie einen Eiskaffee.

»Ich brauch jetzt was Süßes. Das soll gut sein für die Nerven«, sagte sie.

Eiskaffee… Das wäre jetzt echt so ein typisches Freundinnending, wenn sie sich auch einen bestellen würde. Aber sie konnte nicht. Wer wusste schon, wie lange das Eis in der Truhe gegammelt und der kalte Kaffee in der Ecke gestanden hatte.

»Jetzt du.«

»Ich? Oh Mann, ich weiß gar nicht, wo ich anfangen soll.« Sie stöhnte laut und rieb sich mit den Händen über das Gesicht. »Ich war heute nur ganz kurz in der Schule, danach stundenlang im Polizeipräsidium. Rate mal, wer mich aus der Schule geholt hat?«

»Der Wolff?«

»Genau.«

»Was hat er gesagt? Hat er die Facebook-Nachricht gelesen? Ich hab mal reingeschaut, aber reagiert hat er nicht.«

»Hat er.«

»Hast du uns etwa verraten?«

Cleo nickte.

Katharina fühlte sich, als würden sich an einem steilen Hang plötzlich die Bremsen lösen. Sie raste hinab in die Tiefe, immer schneller und schneller.

»ALLES? Hast du auch mich erwähnt?«, fragte sie und versuchte mit aller Kraft, möglichst gelassen zu klingen.

»Nein, natürlich nicht. Du hast doch gesagt, dass du mit der Polizei nichts zu tun haben willst.«

Cleo legte ihre rechte Hand auf Katharinas Unterarm. Und erst in diesem Moment merkte Katharina, wie angestrengt sie ihr Colaglas umklammert hielt. Sie lockerte den Griff und die Bremsen zogen wieder an. Noch hatte sie die Talsohle lange nicht erreicht.

Cleo hatte für sie gelogen! Ein wohliger Schauer durchlief sie.

»Was hast du ihm erzählt?«

»Dass ich alleine ins Haus gekrochen bin, durch das Kellerfenster. Dabei pass ich da gar nicht mehr durch. Ich hoffe, er überprüft das nicht.«

»Ich bin dir so dankbar, das kann ich dir gar nicht sagen.«

»Ehrlich gesagt war ich dir dankbar, weil du mich begleitet hast.« Cleo lächelte und Katharinas Herz hüpfte. »Wieso sollte ich dann nicht ein bisschen für dich lügen?«

Aus lauter Verlegenheit versuchte Katharina, aus ihrem längst leeren Glas zu trinken.

»Und ich habe noch was ganz Merkwürdiges erfahren.« Cleo sprach nicht weiter. Sie strich mit der rechten Hand immer wieder über ihren linken Oberarm, als würde sie frieren. Katharina hing gebannt an ihren Lippen.

»Stell dir vor: Anja hatte eine Schwester, eine Stiefschwester.«

»Wer sagt das?«, fiel Katharina ihr ins Wort und ärgerte sich sofort über ihren unbeherrschten Ton. Auffälliger konnte man sich nicht verhalten. Aber Cleo schien nichts bemerkt zu haben. Sie bekam ihren Eiskaffee, trank den ersten Schluck und nahm einen Löffel Sprühsahne.

»Und? Gut?«, fragte Katharina in der Hoffnung, die Stiefschwestergeschichte unter den Tisch kehren zu können.

»Na ja«, antwortete Cleo. »Da ist gar kein Eis drin, nur Eiswürfel.«

»Ist wahrscheinlich besser so, glaub mir. Hast du den Eiskaffee in der neuen Einkaufspassage schon getrunken?«

»Ja. Also, pass auf. Die haben Anjas Stiefvater gestern Abend tatsächlich noch verhört. Wolff hat unsere Nachricht gelesen, dann haben sie ihn in Untersuchungshaft gebracht, Spuren gesichert und ihn befragt.«

»Und?«

»Wie gesagt: Er hat eine Tochter. Eigentlich zwei, aber die jüngere ist mit drei Jahren gestorben …«

Cleo redete weiter, aber Katharina verstand sie nicht mehr – in ihren Ohren rauschte es viel zu laut. Er hatte es also erzählt! Niemals hätte sie damit gerechnet. Nun ging es doch noch mit ihr bergab.

»Katharina? Alles klar bei dir?«

»Jaja, ich geh nur mal aufs Klo.«

Und weg war sie.

Drinnen stützte Katharina sich aufs Fensterbrett und rang nach Luft.

Er hat von uns erzählt. Wie soll ich das in den Griff kriegen? Ruhig bleiben, ganz ruhig, noch gibt es keine Spur, noch ist nichts verloren.

Sie war schweißgebadet. Mit kaltem Wasser wusch sie sich das Gesicht.

Okay, jetzt nicht durchdrehen. Ich muss nur einen freien Kopf kriegen, klar denken.

In dem Moment kam Cleo rein.

»Hey, Kathy, was ist denn mit dir los?«

»Ach, nichts«, sagte Katharina und lehnte sich mit dem Rücken gegen die kalte Kachelwand neben dem Waschbecken.

»Was ist das denn?«, rief Cleo plötzlich entsetzt und nahm Katharinas Hände in ihre.

»Das ist nichts«, sagte Katharina. »Ich hab mich heute verbrüht, als ich Mama einen Tee gekocht habe.« Ihr fiel ein Stein vom Herzen. Wenn sie die Pflaster nicht verwendet hätte, hätte die Lüge nicht funktioniert. Die Löcher ähnelten nicht im Entferntesten einer Verbrennung.

»Oh, du Arme. Und auch noch an der Stelle, wo du dich gestern am Nagel verletzt hast.«

»Du kannst ruhig wieder rausgehen. An so heißen Tagen hab ich manchmal Schwächeanfälle, ist nichts Schlimmes, ich komme gleich.«

»Ne, ich bleib bei dir, ich kann dich doch hier nicht alleine lassen.«

Cleo strich mit der Hand über Katharinas Oberarm.

»Hast du zufällig deine Tage? Da hab ich auch manchmal so komische Zustände.«

Katharina hasste ihre Periode und konnte sich absolut nicht vorstellen, jemals über dieses Thema zu sprechen, nicht einmal mit Cleo.

»Ich weiß nicht… Ne, eigentlich hat das damit nichts zu tun. Komm, lass uns rausgehen. Es ist eklig hier.«

»Vielleicht hat er dir ja Spülwasser statt Cola gegeben, würde ich dem zutrauen.« Und sie lachten beide. Wie leicht alles war mit einer Freundin. Nie wieder durfte sie Cleo verlieren. Und doch war sie gerade auf dem besten Weg dazu.

Als sie wieder saßen, trank Cleo einen zweiten Eiskaffee.

»Geht's?« Sie schaute Katharina besorgt an.

Katharina nickte und Cleo fing sofort an weiterzuerzählen: »Wenn Anja das rausgefunden hat, wie krass muss das für sie gewesen sein? Und ich habe ihr nicht zugehört. Das ist so schrecklich. Sie hat die ganze Zeit mit einem Typen unter einem Dach gelebt, der sie…«

Wie krieg ich sie zum Schweigen? Wie nur?

Die Filme fielen ihr ein. Eigentlich wollte sie einen Freundinnennachmittag mit Cleo verbringen. Was passierte stattdessen? Die Situation entglitt ihr total. Inmitten ihrer Überlegungen hörte sie Cleo immer wieder die Worte *Anja, Schwester, behindert* sagen. Das musste aufhören, sofort! In dem Moment platzte es aus ihr heraus: »Wir sollten uns ein bisschen ablenken. Was meinst du, wollen wir shoppen gehen?«

»Shoppen?« Cleo war entsetzt. »Sei mir nicht böse, aber das geht gar nicht. Ich kann jetzt nicht shoppen gehen.«

Sie war zu weit gegangen, hatte aus Panik etwas Falsches gesagt! Das hätte nicht passieren dürfen! Sie riss sich unter dem Tisch die Pflaster ab und drückte mit den Fingernägeln in die Wunden.

In dem Moment setzte sich eine Gruppe Mitarbeiter aus dem Baumarkt an den Nebentisch und gab eine komplizierte Bestellung auf. Cleo trank ihren Eiskaffee leer und Katharina stierte zum Nachbartisch, als würde sie zuhören. In Wirklichkeit versuchte sie, sich zu sammeln. Sie durfte diesen Tag nicht zerstören. Wie sollte sie das Ruder herumreißen?

»Shoppen werden wir ein andermal, okay?«, sagte Cleo.

»Na klar, 'tschuldigung, ich dachte nur … eine kleine Ablenkung wäre vielleicht nicht schlecht.«

»Ich versteh schon, aber ich bin zu unruhig, ich will erst wissen, was passiert ist.«

»Aber der Fall ist doch geklärt, oder nicht?«

»Ach, hab ich das noch gar nicht erzählt?«

»Was?«

»Der Fall ist alles andere als geklärt. Der Stiefvater hat ein Alibi, er war gar nicht mit dem Fahrrad unterwegs – wegen des Regens. Er ist ins Schwimmbad gegangen und war dort die ganze Zeit mit einem Kollegen zusammen.«

NEIN! Das durfte nicht sein. Sie starrte Cleo entsetzt an und beugte sich im selben Moment nach unten zu ihrer Tasche, damit ihre Gesichtszüge sie nicht verrieten. Außerdem bluteten ihre Wunden wieder.

»Brauch nur ein Taschentuch«, murmelte sie und kramte in ihrer Tasche.

Wie oft hatte sie seine Freitagabendrunde beobachtet? Fünfzig Mal? Sechzig Mal? Wann immer seine Frau freitagabends einen Termin hatte, war er unterwegs, allein. *Immer. Immerimmerimmer.* Warum dann an diesem einen Freitag nicht? Wie viel Pech konnte ein Mensch haben?

Warum ich? Warum eigentlich verdammt noch mal IMMER ICH???

Der Kellner trat mit einem riesigen Tablett mit allerlei Getränken an den Nachbartisch.

»Kommst du mit zum Internetcafé? Ich will mal googeln, ob ich was über diese Familie rauskriege.«

»Lass das doch die Polizei machen, die haben viel mehr Möglichkeiten. Wir könnten irgendwas anderes tun.« Ihr fiel aber nichts ein. Ins Kino zu gehen, fände Cleo mit Sicherheit genauso abwegig wie shoppen.

»Sei mir nicht böse, ich bin zu unruhig. Der Mörder meiner Freundin läuft noch frei rum, da kann ich nichts anderes tun. Aber du musst nicht mit, wenn du keine Lust hast.«

»Nein!«, sagte Katharina. »Ich lass dich doch jetzt nicht allein.«

»Du bist so nett.«

Wenn sie wüsste, dachte Katharina und spürte eine unglaubliche Traurigkeit. Ja, sie war nett, das hatte Anja auch immer gesagt. Und was hatte es ihr gebracht? Wenn Cleo jetzt Ruhe geben würde, wie schön könnten sie es gemeinsam haben! Wie sollte sie Cleo nur rechtzeitig zum Schweigen bringen, damit ihr nicht das Gleiche passierte wie Anja?

21. Kapitel

Wir hätten gerne dreißig Minuten Internet«, sagte Cleo.

»Welchen Tisch wollt ihr?«, fragte derselbe Typ wie am Tag zuvor.

»Egal.«

»Okay. Tisch 5.« Er gab den Mädchen den Zugangscode. »Ihr wisst ja, wie's geht?«

Cleo nickte und die beiden setzten sich an Tisch 5 neben der offenen Tür. Sie war so froh, dass Katharina mit ihr gegangen war. Seit sie das Polizeipräsidium verlassen hatte, spukte unablässig das Bild von Anja in ihrem Kopf herum. Ihr dreckiges Gesicht mit den roten Lippen, ihre von Erde verschmierten Haare, das tiefe Loch. Sie hoffte, dass das Recherchieren sie etwas ablenken würde.

»Komm ein Stück näher«, sagte sie und zupfte an Katharinas T-Shirt. »So siehst du ja gar nichts.«

Katharina rückte mit ihrem Stuhl näher heran und Cleo setzte den Rechner in Gang.

»Was könnte ich denn mal bei Google eingeben?« Cleo hielt über der Tastatur inne und blickte zu Katharina.

»Hmmmm…« Katharina schob die Hände unter ihre Achseln.

»Tut's weh?«

»Ne, ist nur so 'ne Angewohnheit«, antwortete Katharina und nahm die Hände wieder runter.

Irgendwas hat sie, dachte Cleo. *Eben im Café sah sie aus wie eine Leiche.* Sie erschrak über ihren Vergleich. Schnell gab sie ein paar Suchbegriffe ein: *Meinhard, behindert, Tod.* Aber es kamen nur komische Telefonbucheinträge und Freunde-Such-Angebote, dann ein Wikipedia-Bericht über einen Grafen und ein Zeitungsartikel über einen tragischen Verkehrsunfall. Nichts hatte mit der Familie zu tun, von deren Existenz Cleo gerade erfahren hatte.

»Das ist alles schon so lange her. Komm, lass uns gehen«, sagte Katharina.

»Wir haben noch 15 Minuten«, antwortete Cleo, ohne aufzublicken. Die wollte sie auf jeden Fall ausnutzen. *Wann ist noch mal die kleine Schwester gestorben?* Cleo versuchte, sich daran zu erinnern, und fügte schließlich noch *Messie* und *2006* hinzu. Sie drückte auf *Enter.* Der erste Eintrag führte sie zu einem Mütterforum. Und mit einem Klick fand sie, was sie suchte.

»Hier, schau mal«, rief Cleo. »Ich hab was gefunden. Ein Forumsbeitrag unter dem Titel *Sind die Jugendämter überfordert?* Ich les mal vor:

Tina: Scheiße, schon wieder ein Kind tot, weil die Typen von der Stadt alle nur ihren Arsch auf unsere Kosten platt sitzen.

Charly: Da gab's doch schon mal so was. In Gießen, 2006 oder so. Ich glaube, da war das Kind auch behindert und die Mutter ein Messie. Das Jugendamt wusste alles und ist nicht eingeschritten.

Tina: Ich erinnere mich. Den Typen beim Jugendamt haben sie gefeuert, die Pfeife!

Resi: Weiß ich nich mehr. Bin hier noch nich so lange.

Charly: @Tina: Pass auf deine Vorverurteilungen auf, die Jugendämter sind doch völlig überfordert, da hilft es auch nichts, so einen Typen zu feuern. Die Kommunen müssen endlich genug Mittel zur Verfügung stellen, um die Jugendämter ausreichend mit Personal auszustatten, so sieht's nämlich aus.

»Die meinen bestimmt die Meinhards.«

Katharina sagte nichts.

»Noch 6 Minuten.«

Sie gab *Jugendamt, 2006, Gießen, gefeuert* ein und landete sofort einen Volltreffer:

Gießen, 10. Juni 2006

Jugendamt im Visier.

Nach neuesten Erkenntnissen im Fall Laura M. ist das Gießener Jugendamt seinen Dienstpflichten nicht ausreichend nachgekommen. Das Gericht prüft, ob der zuständige Mitarbeiter, Tibor Mortzfeld, eine Klage wegen Verletzung des Schutzauftrages bei Kindern und Jugendlichen zu erwarten hat. Der tragische Tod der behinderten Laura M. (der GA berichtete am 5. Juni) hätte verhindert werden können, wenn die Familie häufiger überprüft worden wäre. Das Kind lag drei Tage lang tot in seinem Bett, weil ihm die notwendigen Medikamente …

In dem Moment fuhr der Computer automatisch auf Standby-Modus, die Zeit war abgelaufen.

»Wahnsinn!«, sagte Cleo und glotzte noch immer auf den nun schwarzen Monitor. »Hast du das gelesen?«

Doch sie bekam keine Antwort und erst da bemerkte sie, dass Katharina gar nicht mehr neben ihr saß.

»Katharina?« Ihre Tasche hing noch über dem Stuhl. *Sie wird wieder auf der Toilette sein*, dachte Cleo. *Hoffentlich ist sie nicht krank.*

Cleo ging vor zur Bar und buchte noch mal dreißig Minuten. Vielleicht lohnte es sich ja, diesen Mitarbeiter des Jugendamtes zu besuchen. Aber dazu musste sie erst mal seine Adresse rausfinden. Zum Glück hatte er einen außergewöhnlichen Namen, da war das sicher kein Problem.

Es dauerte keine drei Minuten, da hatte sie ihn gefunden: Er wohnte in der Gießener Weststadt. Prima, da würde sie etwa 45 Minuten brauchen. Das ging zeitlich noch. In dem Moment kam Katharina zurück. Sie war blass und ihre Augen wirkten gerötet.

»Geht's dir immer noch nicht gut?«

»Passt schon. Wollen wir jetzt los?«

»Hast du den Artikel gelesen?«

»Ja, überflogen.«

»Kommst du mit?«

»Wohin?«

»Zu Tibor Mortzfeld.«

Katharina blickte Cleo an, als wollte diese sie in die Hölle mitnehmen.

»Kennst du den?«, fragte Cleo.

»Nein, natürlich nicht.«

»Ich frage nur, weil ... Du schaust so entsetzt.«

»Ich ... ich hätte jetzt gerne was anderes gemacht. Irgendwas ... Nettes, ich weiß auch nicht.« Katharina stand neben dem Computertisch und schaute auf ihre Füße. Die langen Haare verdeckten ihr Gesicht. Sie sah erschöpft aus und sie tat Cleo leid. Sie vergegenwärtigte sich, dass Katharina auch eine Freundin verloren hatte und jeder anscheinend anders damit umging. Sie wollte ermitteln und den Mörder finden, Katharina sich ablenken und verdrängen.

»Ich kann jetzt nichts Nettes mit dir unternehmen, Katharina. Später bestimmt, wenn alles vorbei ist.«

Katharina nickte. Sie schaute noch immer auf ihre Füße.

»Du willst da wirklich hin?«

»Warum nicht?«

»Was soll das bringen?«

»Keine Ahnung, vielleicht weiß er was.«

Plötzlich klingelte ein Handy. Cleo schaute sich suchend um. Das Klingeln kam aus Katharinas Tasche.

»Ich dachte, du hättest kein Handy.«

»Oh, ach so, ja....« Katharina kramte in ihrer beigefarbenen, sackartigen Tasche und holte tatsächlich ein Handy hervor. Sie schaute aufs Display, dann mit einem entschuldigenden Blick zu Cleo und nahm das Gespräch schließlich an.

»Hallo?... Ja, Mama, ich komme jetzt nach Hause... Nicht aufregen, ich bin gleich da, noch 10 Minuten... Trink ein bisschen Wasser, dann geht es dir gleich besser...«

Cleo hörte, wie eine weinerliche Frau laut in Katharinas Ohr plärrte, doch sie verstand nichts. Voller Mitgefühl lauschte sie den fürsorglichen Worten.

»Ja, das bringe ich dir mit... ja... ja... natürlich... Ich komme gleich... ja... Bis gleich, ja, mach ich, versprochen.«

Sie legte auf.

»Deine Mutter?«

»Ja, ich muss nach Hause.«

»Kann ich dir was helfen?« Cleo überlegte, ob sie

vielleicht eher Katharina nach Hause begleiten und ihr bei der Pflege ihrer Mutter helfen sollte, anstatt nach Gießen zu fahren. »Du siehst nicht gut aus, und wenn du jetzt noch deine Mutter zu Hause hast ... Ich kann doch mitkommen, was meinst du?«

»Nein«, sagte Katharina bestimmt und Cleo verstand sofort. Katharina würde sie niemals mit zu sich nach Hause nehmen. Das war ihr sicher peinlich. Sie fragte sich, ob Anja jemals bei ihr gewesen war, verkniff es sich aber, die Frage zu stellen.

Katharina ließ ihr Handy in die unförmige Tasche fallen und kramte ohne ersichtlichen Grund weiter darin herum.

»Ist schon okay. Vielleicht ein andermal«, versuchte Cleo, die unangenehme Situation zu entspannen.

»Ja«, antwortete Katharina. »Ich ... Ich wollte dich nicht anlügen. Freundinnen lügen einander nicht an, aber ...«

Sie hörte auf zu kramen, hängte sich die Tasche über die Schulter und hob den Kopf. Cleo sah in ihrem Blick etwas Gehetztes, fast ein bisschen Panik, und sie machte sich Sorgen.

»Ist was mit deiner Mutter passiert?«

»Nein, nein, das passt schon«, wich Katharina aus. »Ich vergesse meistens, dass ich ein Handy habe. Es ist nur für meine Mutter. Niemand sonst hat diese Nummer.«

Cleo war erstaunt. Bei ihr war es genau umgekehrt:

Ihre Mutter war die Einzige, bei der sie manchmal *nicht* ranging. Plötzlich bekam sie deswegen ein schlechtes Gewissen.

»Ich muss jetzt gehen«, sagte Katharina.

»Magst du mir denn deine Nummer geben? Für alle Fälle.«

Kurz bildete Cleo sich ein, dass Katharina zögerte, aber sie konnte sich auch geirrt haben. *Warum auch?* Freundinnen tauschten nun mal ihre Handynummern aus. Und genau das taten sie dann.

Anschließend nahm Cleo Katharina in die Arme. Es fühlte sich ... sie überlegte ... anders an. Anja hatte sie mal darauf aufmerksam gemacht: Man würde angeblich bei der Umarmung spüren, ob ein Mensch unglücklich war. Daran musste Cleo jetzt denken, denn Katharina wirkte so angespannt, dass sie sie früher losließ, als sie eigentlich vorgehabt hatte. Sie wollte ihr nicht näher kommen, als es ihr recht war. Und es war deutlich zu merken, dass Katharina die Nähe unangenehm fand. Wahrscheinlich kannte sie so was einfach nicht. Und wieder überkam Cleo ein tiefes Gefühl der Zuneigung. Bei Katharina würde sie alles richtig machen, versicherte sie sich selbst erneut.

»Ich ruf dich nachher an, wenn ich mit diesem Mortzfeld gesprochen habe, okay?«

»Du gehst also wirklich hin?«

»Ja.«

»Okay, tschüss«, sagte Katharina und entfernte sich.

Irgendetwas bedrückt sie, dachte Cleo, als sie Katharina bis zur Ecke hinterherblickte. Dabei hatte sie vorhin noch so fröhlich ausgesehen, als sie von ihrem Vormittag erzählt hatte. *Schwer hat sie es, wirklich schwer.*

Sie machte sich auf den Weg. Vorhin war sie so kopflos gewesen, dass sie ihr Rad am Polizeirevier stehen gelassen hatte. Egal, das konnte sie morgen noch holen, dort würde es sicher niemand klauen.

22. Kapitel

Kaum war sie um die Ecke gebogen, stellte sich Katharina in den nächsten Ladeneingang und lehnte sich an die Wand. Sie war am Ende. Warum konnte Cleo nicht einfach aufhören mit diesem Ermitteln, verdammt! Alles hätte so schön werden können.

Eine Frau mit mehreren Einkaufstüten wollte durch die Tür. »Rein oder raus?«, fragte sie unfreundlich und Katharina stolperte zurück auf den Bürgersteig und rein in den nächsten Hauseingang.

Wo sollte sie jetzt hin? In ihrer Wohnung würde sie wahnsinnig werden. Ihr war alles entglitten! Was, wenn Cleo etwas rausfand? *WAS?* Es gab bereits zwei Opfer, zwei zu viel. Ihre Knie wurden weich und sie rutschte in die Hocke.

Natürlich hätte sie Cleo gern begleitet, aber Mortzfeld hätte sie erkannt. *Tibor Mortzfeld.* Wann hatte sie ihn das letzte Mal gesehen? Vor vier Jahren etwa, bevor sie ihren neuen Namen angenommen hatte und Sabrina verschwunden war.

Sie bekam keine Luft. Sie musste sich bewegen und ihre Knie taten weh. Also zwang sie sich aufzustehen und fing an zu laufen, immer schneller, einfach geradeaus. Unzählige Gedanken wirbelten durch ihren Kopf, der sich anfühlte, als würde er bald platzen.

Ich will diesen Scheißkerl endlich loswerden! Und ich will Cleo als Freundin behalten, für immer. Zum Glück ist das mit dem Handy gut gegangen. Meine Güte, was hat die Wittich gewütet, weil ich sie Mama genannt habe.

Sie landete auf der B3 und lief den schmalen Gehweg entlang, ohne über die Richtung nachzudenken. Die Bewegung tat ihr gut, wahrscheinlich bekamen dadurch zumindest die Gedanken eine Richtung, wenn auch kein Ziel.

Die Lüge mit Mama war ein Volltreffer. Die hat auch schon bei Anja funktioniert. Mitleid wirkt immer. Aber Freundinnen lügen einander nicht an. Wenn es vorbei ist, fange ich von vorne an, erzähle ihr alles und werde ab dann ehrlich sein. Und wenn sie weiterwühlt und es herausbekommt?

Sie dachte an *Thelma und Louise* und überlegte, ob sie sich so ein Ende für sich und Cleo vorstellen könnte.

Was wohl Wolff macht? Er wird mit Sicherheit keine Spuren von mir finden, außer… Mein Gott, die Wittich hat mich echt angerufen! Als ob das ein Notfall wäre, dass ich einmal nicht komme!

Wenn sie doch nur diese Gedanken stoppen und ruhig nachdenken könnte. Aber ihr Kopf ließ sich einfach nicht beruhigen. Er fühlte sich an, als hätte sich ein Insektenschwarm darin verirrt.

Sie lief und lief und lief. Je schneller sie lief, desto mehr schienen sich die Insekten zu beruhigen, als schaukelte die Bewegung sie in den Schlaf. Es fühlte sich an, als würden sie sich ganz langsam an der Schädelwand niederlassen. Sie verschwanden nicht, aber sie verhielten sich ruhiger und Katharina konnte sich etwas entspannen. Jetzt durfte sie sie nur nicht wieder aufscheuchen.

Vorsichtig blieb sie stehen und registrierte, dass sie die Stadtgrenze bereits hinter sich gelassen hatte. *Wie bescheuert.* Aber was sollte sie anderes tun? In ihrem Inneren herrschte Chaos und in die Gerichtsmedizin konnte sie nicht. Völlig orientierungslos stand sie am Rand der Bundesstraße und ließ den Berufsverkehr an sich vorbeirauschen. *Diese Aktion hier macht auf jeden Fall gar keinen Sinn,* stellte sie fest und beschloss zurückzulaufen.

45 Minuten später war sie wieder in der Stadt. Sie hatte Angst, nach Hause zu gehen. Daher schlenderte sie durch die Innenstadt und sah sich Schaufenster an. Etwas, das sie schon bei vielen Menschen, meistens Frauen, beobachtet, selbst aber noch nie getan hatte. Vor dem kleinen Toto-Lotto-Laden blieb sie stehen. Den mochte sie. Hier kaufte sie immer Mappen für ihre gerichtsmedizinische Sammlung. Das Schaufenster war

liebevoll dekoriert und plötzlich erkannte sie, was sie da sah: aufeinandergeschichtete Tagebücher. *Tagebücher!*

Oh nein! Anjas Tagebuch… Das musste sie finden! *Und zwar sofort!* Was tat sie hier eigentlich? Sie musste zu den Diekamps und dieses verräterische Ding suchen. Es war 17:45 Uhr. Den Bus um 18:00 Uhr schaffte sie locker.

An der Haltestelle saßen bereits zwei Jungs auf der Bank, daher stellte sie sich einfach in die Nähe und wartete. Die zwei, beide so um die 15 Jahre alt, der eine voller Pickel und mit Zahnspange, der andere schlaksig, unterhielten sich laut, als wäre sie nicht da. Das war Katharina gerade recht, es benebelte die noch immer leise surrenden Insekten.

»Hey, Mann«, sagte der Schlaksige. »Das mit der Entschuldigung hat geklappt.«

»Was'n?«

»Ich brauchte doch eine für Montag, wo wir Laurins Geburtstag gefeiert haben.«

»Hmmm.« Der Pickeljunge schien nicht sonderlich interessiert an der Unterhaltung.

»Hab die Schrift von meiner Mutter nachgemacht und die Schmidt hat's geschluckt.«

»Cool.«

Die Worte des Schülers hallten in Katharinas Gedanken nach. *»Hab die Schrift von meiner Mutter nachgemacht und die Schmidt hat's geschluckt.« Natürlich!*

Was für eine geniale Idee. Katharina gaffte den Jungen an, als wäre er ein Engel oder von einer anderen, höheren Macht geschickt worden.

Ich fälsche Anjas Tagebuch!

Sie eilte zurück zum Toto-Lotto-Laden.

Ich studiere einfach ihre Schrift an den Schulbriefchen, die ich ihr immer mal geklaut habe. Und ich übe die ganze Nacht. So schwer kann das nicht sein. Anjas Schrift ist nicht auffällig.

Die Besitzerin des Ladens war gerade damit beschäftigt, die Außenständer reinzuholen, in ein paar Minuten machte sie zu. Völlig außer Atem fragte Katharina: »Kann ich noch was kaufen?«

»Natürlich, kommen Sie rein.«

Was hatte Cleo neulich noch mal gesagt? Anja hatte ihr Tagebuch in der Hand, an diesem Mittwoch, als Cleo ihr nicht zugehört hatte. Es war einfarbig. Grün oder blau. Ja, das hatte sie gesagt. Sie kaufte ein mit blauem Stoff bezogenes Buch. Es hätte Anja sicher gefallen.

Von einem neuen Hochgefühl erfüllt, machte sie sich auf den Heimweg.

23. Kapitel

Im Zug schaute Cleo auf ihr Handy. Sie hatte zwölf Anrufe und fünf SMS! Drei Nachrichten waren von ihrer Mutter. Reflexartig drückte sie sie weg und checkte weiter die Liste. Doch dann besann sie sich auf das schlechte Gewissen, das sie bekommen hatte, als Katharina so liebevoll mit ihrer Mutter telefoniert hatte, und las sie doch. In der letzten Nachricht schrieb ihre Mutter: »Hey Cleo, ich mach mir Sorgen. Anjas Mutter hat gefragt, ob du sie heute Abend besuchen magst. Soll ich mitkommen? Ma.«

Cleo drückte auf *Antworten* und schrieb: »Ja, komm mit. Ist dann leichter. Bin in zwei Stunden zu Hause.«

Eine seltene Sehnsucht ergriff sie, ein altes, schon lange nicht mehr empfundenes Gefühl. Cleo überlegte, ob sie dem nachgeben sollte. Schließlich tat sie es und schrieb: »Hab dich lieb. C.« Wann hatte sie ihrer Mutter das zum letzten Mal geschrieben? Es fühlte sich auf jeden Fall richtig an.

Miri hatte geschrieben: »Was war auf der Polizei, melde dich mal, Miri.«

Eine SMS war von einem Absender mit unbekannter Nummer: »Sehr geehrte Frau Fürbringer, wir möchten ein Interview mit Ihnen machen, wann hätten Sie mal Zeit? Kris Hartmann vom Gießener Abendkurier.«

Idiot! Und wenn die Pressefuzzis auf Knien vor ihr herrutschten, niemand bekäme ein Interview von ihr!

Als der Zug in Gießen hielt, wusste Cleo nicht mehr, ob das mit dem Besuch bei Tibor Mortzfeld wirklich so eine gute Idee war. Was wollte sie eigentlich von dem Typ? Anjas Stiefvater hatte schon mal eine Familie gehabt und die hatte in riesigen Schwierigkeiten gesteckt. Mortzfeld hatte das nicht erkannt und deshalb seine Stelle verloren. Vor fünf Jahren. Wahrscheinlich hatte Katharina recht: Was hatte das alles mit Anjas Tod zu tun? Trotzdem stieg Cleo in den Bus ein.

Was war eigentlich mit Ben? Den hatte Anja neulich heftig abblitzen lassen und mit ihm war nicht zu spaßen! Plötzlich war ihre Fantasie nicht mehr zu bremsen. Cleo stellte sich vor, wie Ben Anja umgebracht haben könnte und wie er sie dann ins Grab gelegt hatte. Abartige Bilder schossen ihr durch den Kopf und sie konnte sie nur stoppen, indem sie sich kräftig das Gesicht mit den Händen rieb. Nein, das war absurd. Ben war eine Niete und könnte niemanden umbringen, selbst wenn er wollte. Mittlerweile war sie in der Weststadt.

Ich bin es Anja schuldig, Fragen zu stellen, verdammt!

Kurz vor der Haltestelle Hardtallee drückte sie auf den Halteknopf und stieg aus. Drei Minuten später stand sie vor Mortzfelds Haus. Den Namen entdeckte sie sofort in der dritten Reihe von unten. Sie schwitzte und hatte Durst. Was sollte sie sagen, wie anfangen? Erst jetzt registrierte sie, dass sie sich darüber gar keine Gedanken gemacht hatte.

Die Tür öffnete sich. Zwei Männer traten heraus und hielten ihr die Tür auf. Cleo zögerte und der eine fragte augenzwinkernd: »Traust du dich nicht?« Als stünde ihr *Ich habe ein Problem* auf der Stirn geschrieben.

»Doch«, hörte sie sich sagen und trat zwischen den beiden ins Haus.

Okay, es sollte so sein! Sie machte sich auf den Weg nach oben. In der dritten Etage stand Mortzfelds Name auf dem Klingelschild. Sie horchte an der Tür, doch es war nichts zu hören. Ein wenig hoffte sie, dass er nicht da sein würde, als sie auf die Klingel drückte.

Hundegebell ertönte und Schritte waren zu hören. Ein kleiner, rundlicher Mann mit blondem Stoppelhaar öffnete die Tür und blickte sie erwartungsvoll an. »Hallo?« Seine Stimme passte zu seiner Größe, beides gab ihm was Zwergenhaftes. Zwischen seinen Füßen stritten sich zwei Wollknäuel um den besten Platz, wahrscheinlich Chihuahuas.

»Hallo, ich … Ich bin Cleo Fürbringer und wollte Sie was fragen.«

»Ich kaufe nichts, ich verschenke nichts und an Umfragen nehme ich auch nicht teil«, sagte der Mann nicht unfreundlich, aber bestimmt und wollte die Tür wieder schließen.

»Nein!«, rief Cleo so laut, dass ihre Stimme durch das ganze Treppenhaus schallte. Sie hob ihre Hand, als hielte sie ein Stoppschild hoch. »Ich komme aus einem persönlichen Grund, es ist mir aber etwas unangenehm.«

»So?«, fragte der Zwerg, zog seine Augenbrauen so eng zusammen, dass sich zwei Falten bildeten, und musterte sie aufmerksam. »Worum geht es denn?«

»Ich bin eine Freundin von Anja Diekamp und ich ...«

Schlagartig hob der Mann den Kopf, seine Augen weiteten sich. Er kannte diesen Namen, eindeutig.

»Ja, und?«

»Aber ich komme gar nicht wegen Anja, doch schon, weil ... sie war ja meine beste Freundin und jetzt ist sie tot, haben Sie davon gehört?«

Sie hätte sich besser vorbereiten müssen!

Der Mann nickte. »Komm erst mal rein, du bist ja ganz aufgeregt. Und sag Du zu mir, sonst komme ich mir steinalt vor.«

Cleo war überrascht und trat zögernd ein, immer auf den Boden blickend, um auf keinen der Hunde zu treten. Herr Mortzfeld führte sie durch einen langen Flur ins letzte Zimmer. Dort klatschte er in die Hände und rief: »Husch, husch.« Sofort verzogen die zwei Hunde sich in einen großen Korb unter der Heizung.

»Setz dich. Magst du was trinken?«

Cleo schüttelte den Kopf, sie war zu aufgeregt, und setzte sich auf ein blaues Sofa. Er nahm ihr gegenüber auf einem kleinen Hocker Platz.

»Du bist nicht die Erste heute.«

»Echt?«

»Die Polizei war auch schon hier. Wer hätte gedacht, dass ich noch mal so wichtig werden würde.« Er lächelte, merkte dann aber, dass dieser kleine Scherz fehl am Platz war, und entschuldigte sich sofort. »Du bist... warst also die beste Freundin von Anja?«

»Kannten Sie sie?«

»Nein, aber ich weiß Bescheid.«

Cleo kämpfte mit den Tränen und um nicht weinen zu müssen, redete sie sich einfach blitzschnell alles von der Seele: »Wissen Sie, Anja ist am Freitagabend umgebracht worden, und ich war mir so sicher, dass es der Stiefvater gewesen ist, Günther Diekamp, aber er hat ein Alibi.«

Sie redete viel zu hastig und wirr durcheinander. Dabei hatte sie gar keinen Grund, aufgeregt zu sein. Herr Mortzfeld war offenbar nett, sehr sogar. Er saß ihr gegenüber und nickte aufmunternd. Sie holte Luft.

»Und als ich rausbekommen habe, dass der Stiefvater von Anja schon mal eine Familie hatte, wo es auch eine Tote...«, sie holte wieder Luft, »... und ein schreckliches Familiendrama gab, da bin ich auf Ihren Namen gestoßen.«

»*Deinen* Namen, Kindchen, *deinen*. Bitte siez mich nicht, das finde ich schrecklich.«

Einer der Hunde sprang mit einem Satz auf seinen Schoß. Wie automatisch begann er, dessen Ohren zu kraulen.

»Und da dachtest du dir, schau ich mir den doch mal an, richtig?«

»So ungefähr.« Cleo war erleichtert. Er hatte sie nicht rausgeschmissen, nicht angepöbelt, ganz im Gegenteil, sie hatte fast das Gefühl, willkommen zu sein.

»Anja war mir sehr wichtig«, fuhr Cleo fort, »und deshalb klammere ich mich an jeden Strohhalm.«

»Also gut. Jetzt hol ich uns eine Limo und dann erzähle ich die ganze Geschichte noch einmal. Wenn's hilft.«

Nach etwa zwei Minuten kam er zurück mit zwei knallbunten Gläsern, gefüllt mit Zitronenlimonade. »Die Familie Meinhard hat mich meinen Job gekostet, ja, das ist wahr, und ich sage dir eins: Ich war nicht mal traurig darum. Sechs Jahre habe ich im Jugendamt gearbeitet und gelitten. All diese Schicksale… Sie haben mich verfolgt. Dauernd musste ich an die Kinder denken. Sie wurden in ihren Familien missachtet, geprügelt und missbraucht. Es waren einfach zu viele und ich schwöre dir, diesen Job hätte ich sowieso bald aufgegeben.«

Er nahm einen Schluck Limo und verzog das Gesicht. »Hmmm, vielleicht ein Schuss zu viel Zitrone, aber köstlich! Probier mal.«

Cleo trank. Sie fühlte sich fast wohl in diesem Moment. Sie mochte die Art, wie er sprach. Mit der einen Hand hielt er sein Glas fest, mit der anderen gestikulierte er, als würde er dirigieren.

»Das Drama fing an, als wir einen Anruf von einer Nachbarin bekamen. Es würde immer so ein Gestank aus der Wohnung dringen, sagte sie. Die Kinder müssten im Dreck leben, würden nicht versorgt und so. Ich bin also hin. Die größere Tochter, Sabrina, hat mir die Tür geöffnet und behauptet, dass keiner daheim wäre und sie niemanden reinlassen dürfe. Ein bisschen konnte ich an ihr vorbei und über sie hinweg sehen. Der Flur war eine einzige Müllhalde und so roch es auch. Ich habe dann einen Termin mit ihr vereinbart, bin noch mal hin und da sah alles tipptopp aus.«

»Da haben sie extra geputzt.«

»Genau. Und zwar Sabrina ganz allein. Ich habe ja ihre Mutter kennengelernt, die war stark übergewichtig. Die hätte gar nicht putzen können.«

»Und die kleine Schwester?«

Er lächelte und blickte in sein halb geleertes Glas.

»Das war eine Süße. Die machte immer so nette Quietscher, wenn sie sich freute. Sabrina hat sie mit Eis gefüttert, als ich da war, eine berührende Szene.« Er hielt kurz inne. »Ich mochte sie beide, vor allem Sabrina. Sie war vierzehn, als ich sie kennengelernt habe. Ich sehe sie noch vor mir. Sie hatte eine Menge Verantwortung zu tragen. Der Vater war weg, die Mutter unfähig, die kleine Schwester behindert. Aber sie hatte eine enorme Kraft. Ich wusste natürlich, dass sie mich anlog, als sie meinte, dass sie Freunde treffen und ein normales Leben führen würde. Sie wollte nicht, dass man sich einmischte, hatte Angst, ich würde die Familie auseinanderreißen. Und zu Recht. Im Nachhinein habe ich mir natürlich Vorwürfe gemacht, nicht eingegriffen zu haben.«

»Was ist passiert?«

»Sabrina ist für ein paar Tage auf Klassenfahrt gewesen. Sie hatte alles perfekt vorbereitet: eingekauft, geputzt, sogar eine Nachbarin gebeten, nach ihrer Familie zu schauen. Die Kleine brauchte ja Medikamente. Aber die Mutter hat die Nachbarin nicht reingelassen. Das Kind hat sie einfach vergessen. Die Kleine lag tot in ihrem Bett, als Sabrina von der Klassenfahrt zurückkam.«

»Was?« Cleo schlug die Hand vor den Mund. Schließlich brachte sie mühsam hervor: »Hat... hat Sabrina sie gefunden?«

»Ja, hat sie.«

»Oh Gott, wie furchtbar!«

»Und das war noch nicht alles.«

Herr Mortzfeld stellte sein Glas hinter sich auf ein kleines Tischchen und knetete seine Hände. »Ich kann es kaum erzählen, so wütend bin ich darüber.«

Er machte eine Pause und Cleo überlegte, ob sie wirklich hören wollte, was er noch zu sagen hatte. In dem Moment sprach er schon weiter: »Die Mutter hat nach

Lauras Tod mit dem Sprechen aufgehört. Hat einfach nicht mehr geredet und Sabrina total alleine gelassen mit ihrem Trauma. Das arme Mädchen.«

Er schüttelte den Kopf und nahm erst nach einer Weile den Faden wieder auf, als hätte er sich wappnen müssen für das Folgende.

»Sabrina hat dann ihren Vater aufgesucht. Nach sieben Jahren! So lange hat er sich nicht blicken lassen, das muss man sich mal vorstellen! Mittlerweile hatte der eine neue Familie und war stinkreich. Sie wollte ihn um Hilfe zu bitten. Da kann man mal sehen, wie verzweifelt sie gewesen sein muss. Und was hat der getan? Was meinst du?«

Herr Mortzfeld hatte seine Stimme erhoben und die Hunde begannen zu kläffen.

»Was hat er denn getan?«

»Er hat sie nicht mal in seinen Palast gebeten, sondern einfach mit den Worten weggeschickt: *Verschwinde, ich habe keine Tochter!*«

Er sprach nicht weiter, sondern starrte die Wand an.

»Er hat sie einfach weggeschickt?«

Herr Mortzfeld nickte und Cleo versuchte, sich in Sabrina hineinzuversetzen. Was für eine tragische Situation. Sie hatte wahrscheinlich ihren ganzen Mut aufbringen müssen, um ihren Vater aufzusuchen. Wie musste Sabrina ihn in diesem Moment gehasst haben!

Herr Mortzfeld kramte ein Stofftaschentuch aus seiner Hosentasche und schnäuzte sich dezent. »Entschuldige, das nimmt mich alles sehr mit. Jetzt siehst du auch, warum der Job nichts für mich war.«

Cleo lächelte ihn an. »Schade eigentlich. Gerade Menschen wie dich könnten solche Familien doch gut gebrauchen.«

»Das ist nett, dass du das sagst.«

»Weißt du, wo Sabrina jetzt wohnt?«

»Nein, leider nicht. Als ich wegen dieser Sache meinen Job verloren habe, kam sie mich noch mal besuchen. Sie saß auf demselben Platz wie du jetzt.«

»Was wollte sie?«

»Mir sagen, dass ich nicht schuld war.« Er griff nach seinem Glas und leerte es vollständig. »Sie war sehr intelligent, hatte in der Schule nur gute Noten. Sie wollte Polizistin werden.«

»Und? Hat sie es geschafft?«

Er zuckte mit den Schultern. »Ich weiß es nicht. Eine Weile habe ich ihr Schicksal noch verfolgt. Nicht aus schlechtem Gewissen, sondern weil sie ein tolles Mädchen war, faszinierend. Irgendwann ist sie umgezogen und blieb ab da unauffindbar.«

»Ihr Vater ist der Stiefvater meiner besten Freundin und die ist jetzt ermordet worden. Ist das Zufall?«

»Was meinst du?«

Cleo zögerte, ihren Gedanken auszusprechen, weil sie seine Zuneigung zu Sabrina deutlich spürte.

»Ich frage mich, ob Sabrina vielleicht aus Neid oder Wut… ob sie… Immerhin war Anja ihre Stiefschwester, reich, behütet, in einem riesigen Haus aufgewachsen, ohne Sorgen, zusammen mit einer Mutter und einem Vater - *ihrem* Vater ...«

»Ob Sabrina jemanden getötet haben könnte?«, fragte Herr Mortzfeld.

Cleo nickte.

»Niemals.«

24. Kapitel

Katharina ging sofort ans Werk, holte die Kiste mit den gesammelten Schulbriefchen aus der Kommode im Flur, einen Packen Schmierpapier, mehrere Stifte und die Nachttischlampe. Sie spendete das hellste Licht und das würde sie brauchen.

Als alles sorgfältig sortiert auf dem Küchentisch lag, fing sie an, Anjas Schrift zu studieren. Die war tatsächlich unauffällig. Das *n* sah aus wie ein *u*, das große *M* hatte oben nur einen Strich und kein drittes Bein in der Mitte, die kleinen Buchstaben *f*, *b*, *l* und *h* schienen sich in die Höhe zu recken. Katharina wusste, dass es Experten für Schriftdeutung gab, die von der Schrift eines Menschen auf dessen Charakter schließen konnten. Sie war sich sicher, dass sie in Anjas Schrift ein intelligentes und ausgeglichenes Mädchen erkennen würden.

Immer wieder schrieb sie nur einen Satz: *Wann treffen wir uns heute und wo? Muss dir was über Ben erzählen, das ist ein totaler Idiot.*

Nachdem sie diesen Satz mindestens zwanzig Mal geschrieben hatte und meinte, dem Original zumindest sehr nahe zu sein, nahm sie sich einen neuen vor: *Du bist für immer meine beste Freundin, du musst nicht eifersüchtig sein.*

Das war eines von ihren Lieblingsthemen gewesen. Cleo war häufig eifersüchtig. Dabei war Anja eine so treue Freundin gewesen. Sie hatte Katharina erzählt, dass Cleo für sie der wichtigste Mensch war – für immer. Das wiederum hatte Katharina eifersüchtig gemacht…

Da haben Cleo und ich ja was gemeinsam!

Nachdem sie den Satz oft genug geübt hatte, fühlte sie sich bereit. Sie schlug das Tagebuch auf der ersten Seite auf und fing an.

Donnerstag, den 21.06.2011
Heute schreibe ich seit Langem mal wieder Tagebuch.

Das sah gut aus, fand Katharina, vielleicht konnten die langen Striche der kleinen Buchstaben noch etwas länger sein, ansonsten sah ihr Text der Originalschrift verblüffend ähnlich.

Ich habe etwas Schreckliches erfahren und kein Mensch hört mir zu.

Kurz zögerte sie mit dem nächsten Satz, entschied sich dann aber dafür.

Cleo hat mich gestern weggeschickt, als ich es ihr erzählen wollte, und Katharina erreiche ich nicht, sie ist ja dauernd arbeiten. Deshalb habe ich mir jetzt ein neues Tagebuch gekauft und schreibe es auf, irgendwem muss ich es ja erzählen.

Katharina schüttelte ihre rechte Hand aus. Es war anstrengend, in einer fremden Schrift zu schreiben. Aber sie war zufrieden, vor allem über den Einschub ihres Namens, als ob Anja jemals etwas so Wichtiges mit ihr geteilt hätte. Aber Cleo sollte das ruhig denken …

Ich habe auf dem Dachboden eine Blechdose gefunden. Sie stammt von meinem Stiefvater. Darin waren alle möglichen Dinge, unter anderem ein Foto und ein Zeitungsartikel. Auf dem Foto war er mit einer anderen Familie zu sehen und in dem Zeitungsartikel ging es um Kinder, die angeblich völlig verwahrlost waren.
Ich hab ihm die Kiste gezeigt und da ist er wütend geworden. Er hat sie mir aus den Händen gerissen und gemeint, dass mich das nichts angehe.

Katharina musste aufpassen. Wenn sie zu schnell schrieb, lief sie Gefahr, in ihre eigene Schrift zu verfallen.

Ihr Telefon klingelte und sie nahm ab. »Ja?«

»Hi, ich bin's, Cleo.«

»Hi«, sagte Katharina und machte sich auf was gefasst. Cleo war bei Mortzfeld gewesen. Alles war möglich.

»Ich war bei dem Typen, du weißt schon, dem Mortzfeld vom Jugendamt. Total nett war der. Er hat mir noch mehr über die Meinhards erzählt. Echt krass. Ich schwöre dir, Anjas Stiefvater ist das größte Arschloch, das ich jemals kennengelernt habe!«

Katharina atmete sehr tief, sehr konzentriert. Cleo würde nicht so mit ihr sprechen, wenn sie die Wahrheit kannte. Vorsichtig wagte Katharina, die alles entscheidende Frage zu stellen: »Weiß er denn, wo die Familie jetzt wohnt?«

»Die Mutter ist in einem Heim und die Tochter ist verschwunden.«

»Verschwunden?« Ihr Herz hüpfte. Die ganze Arbeit war also nicht umsonst gewesen, die Tarnung hatte funktioniert.

»Diese Sabrina würde ich zu gerne kennenlernen. Muss ein tolles Mädchen sein.«

»Mmmh«, murmelte Katharina. Es sollte ein zustimmender Laut werden. Cleos Worte hallten in ihrem Kopf wider.

Sabrina ... gerne kennenlernen ... tolles Mädchen.

Ja, Mortzfeld hatte sie gemocht und umgekehrt. Katharina nahm sich vor, ihn zu besuchen, wenn alles vorbei war. Hätte sie nicht ihren Plan schmieden müssen, wären sie vielleicht sogar Freunde geworden.

»Treffen wir uns morgen?«, fragte Cleo.

»Ja, gerne.«

»Nach der Schule in unserem Café? Da schmeckt es zwar scheußlich, aber wir sind ungestört.«

In unserem Café – das hörte sich gut an.

»Okay.«

»Morgen ist Dienstag, da gehst du doch zu den Diekamps, oder haben sie dir abgesagt?«

»Nein. Da geh ich um 16 Uhr hin, ganz normal.«

»Wir brauchen Cleos Tagebuch.«

»Okay, ich schau morgen noch mal, versprochen!«

Wunderbar, jetzt hatte Cleo ihr sogar den Auftrag zum Suchen erteilt. *Es läuft wieder. ES LÄUFT!*

»Vielleicht kann ich auch noch mal suchen. Meine Mutter und ich gehen heute Abend zu den Diekamps. Ich werde mich bestimmt mal kurz loseisen und umschauen können.«

Katharina konnte gerade noch das NEIN unterdrücken, das ihr auf der Zunge lag. Cleo durfte auf keinen Fall alleine nach dem Tagebuch suchen! Das musste sie verhindern. Verzweifelt suchte sie nach Worten, Argumenten, Lügen, die sie davon abhalten konnten. Doch zu spät. Sie hörte Cleo sagen: »Ich muss jetzt Schluss machen, steh vor meiner Haustür. Schönen Abend noch.«

Und weg war sie. *Katastrophe!* Wieder drohte ein Plan zu scheitern. Wieso lief verdammt noch mal nichts so, wie sie es wollte?

Keine Sekunde länger hielt es sie in der Wohnung. Sie stopfte im Eiltempo das Tagebuch und den Stift in ihre Tasche und überprüfte, ob auch das Giftfläschchen noch darin war. Am schnellsten würde sie mit einem Fahrrad zu den Diekamps kommen, nur leider besaß sie keins. Also sah sie sich im Fahrradkeller um. Es dauerte nicht lange, da fand sie eins, das nicht abgeschlossen war, hievte es auf die Straße und radelte los. Da es keinen Gepäckträger hatte, klemmte sie ihre Tasche unter den Arm.

Ab jetzt musste sie Cleo rund um die Uhr bewachen, bis der Kerl endlich da war, wo er hingehörte: im Knast oder im gerichtsmedizinischen Institut.

25. Kapitel

Cleo und ihre Mutter saßen im Auto vor dem Grundstück der Diekamps und warteten darauf, dass sich das elektrische Eisentor öffnete. Die Dämmerung hatte bereits eingesetzt. Cleo hatte bei Herrn Mortzfeld die Zeit völlig vergessen und war ziemlich spät nach Hause gekommen. Mama war überhaupt nicht sauer gewesen und Frau Diekamp hatte darum gebeten, dass sie trotzdem noch vorbeikämen.

»Es wird nicht einfach sein für dich, Schatz.«

»Ich war am Samstag schon mal hier, als noch nicht klar war, dass ...«

Schweigen.

»Es ist alles so schrecklich. Sag Bescheid, wenn du nach Hause möchtest.«

»Weißt du, ob Herr Diekamp auch da sein wird?«

»Keine Ahnung, davon hat sie nichts gesagt. Warum?«

»Ich mag ihn nicht.«

Cleos Mutter legte den ersten Gang ein und fuhr die Allee hinauf vor die Doppelgarage der Diekamps.

»Mama?«

»Ja.«

»Danke, dass du mit mir hierherfährst.«

»Na hör mal, das ist doch eine Selbstverständlichkeit.«

Als sie aus dem Wagen stiegen, trat Anjas Mutter aus der Haustür. Sie sah total mitgenommen aus mit ihren zerzausten Haaren und den geröteten Augen.

»Schön, dass Sie gekommen sind.«

Instinktiv lief Cleo in ihre ausgebreiteten Arme. Und völlig unerwartet löste sich im selben Moment ihre Anspannung und sie fing an zu weinen. Niemals hätte sie gedacht, dass sie sich in den Armen dieser Frau so fallen lassen könnte. Aber nun teilten sie diese tiefe Trauer. Sie hielten einander fest und weinten leise. Cleo vergaß alles andere um sich herum: ihre Mutter, all die neuen Gedanken und Gefühle, Katharina, den Kommissar, den Stiefvater, sogar das Foto von Anja. Es war, als bestände die Welt nur noch aus ihr, Anjas Mutter und der gemeinsamen Sehnsucht nach Anja.

Mehrere Minuten standen sie so im Eingang. Cleos Mutter wartete etwas abseits. Irgendwann löste Anjas Mutter die Umarmung und bat sie beide ins Haus.

»Schön, dass Sie gekommen sind«, wiederholte sie. »Ich habe Tee gemacht.«

Sie gingen ins Wohnzimmer. Cleo und ihre Mutter

setzten sich nebeneinander auf das weiße Ledersofa und Frau Diekamp nahm im schwarzen Fernsehsessel Platz. Sie schien dort schon den größten Teil des Tages verbracht zu haben, denn um den Sessel herum war alles Mögliche ausgebreitet: mehrere Wasserflaschen, ein Adressbuch, das Telefon, ein Schreibblock, Stifte, Brille, benutzte und unbenutzte Taschentücher.

»Ich bin zu gar nichts in der Lage, war heute auch nicht arbeiten. Ich kann an nichts anderes denken. Mein Gott, mein Baby, wer tut so was?« Sie versuchte, das Weinen zu unterdrücken, und Mama kam ihr zu Hilfe.

»Frau Diekamp, was Sie durchmachen, ist ganz, ganz furchtbar. Sie müssen jetzt nicht ans Arbeiten denken.«

»Nehmen Sie sich Tee, hier, die Kanne habe ich gerade frisch aufgegossen.« Sie zeigte auf eine Glaskanne mit dampfendem Tee.

»Ich weiß, es ist viel zu heiß für Tee, aber mir ist so kalt, ich friere den ganzen Tag.«

»Das ist natürlich. Sie stehen unter Schock.«

Cleo war stolz auf ihre Mutter, die Worte fand, um in dieser schwierigen Situation eine Unterhaltung zu führen. Sie selbst hätte das nicht geschafft.

»Ist Ihr Mann nicht da?«

»Er ist noch in der Firma. Wir hatten heute sehr viele und wichtige Termine. Am Mittag ist er gefahren.«

Cleo atmete auf und Anjas Mutter fügte entschuldigend hinzu: »Einer musste ja hin.«

Dann schreckte Anjas Mutter auf, als hätte sie ein Geräusch wahrgenommen, aber Cleo hörte nichts.

»Ich werde noch verrückt. Die ganze Zeit höre ich dieses quietschende Gartentor. Anja hat immer die Abkürzung durch das kleine Waldstück genommen. Ich habe es ihr zwar verboten, aber sie ist trotzdem unten langgegangen. Du ja auch, Cleo, stimmt's?«

»Ja, vor allem, wenn wir zum Bus mussten. Dann ist es viel kürzer.«

»Ich hatte so viel Angst um euch. Vor allem wenn ihr als Kinder im Wald wart und da hinten bei dem morschen Hochsitz gespielt habt.«

Frau Diekamp zog die auf dem Boden liegende Wolldecke über ihre Beine und schaute gedankenverloren auf den Glastisch.

»Mein Gott, was hätte da alles passieren können. Aber ihr seid immer gesund und munter zurückgekehrt. Am Quietschen des Gartentors habe ich euch kommen hören. So fröhlich wart ihr, so glücklich. Und es ist nie was passiert, nie… Und jetzt…«

»Möchten Sie auch einen Tee, Frau Diekamp?«

Während Mama allen Tee einschenkte und sich die beiden Mütter gegenseitig das Du anboten, schweifte Cleo mit ihren Gedanken ab. An den Hochsitz hatte sie noch gar nicht gedacht. Das war noch ein Ort, wo Anja das Tagebuch versteckt haben könnte. Cleo dachte an Samstag, als sie dort gesessen und von Anjas Tod erfahren hatte.

Der kleine Tisch, der umgekippt war… Konnte darunter noch etwas liegen? Kaum. Unter der Decke? Das hätte sie doch gemerkt, schließlich hatte sie darauf gesessen. Sie erinnerte sich nur an einen piksenden Tannenzapfen. Die Kissen hatte sie alle aufgeschüttelt. Sie dachte an das Spinnennetz und die Fliege und die lose Planke. *Lange wird dieser Hochsitz nicht mehr halten.* Jetzt brauchten sie ihn ja auch nicht mehr…

»Cleo?«

Die beiden Mütter schauten sie besorgt an.

»'tschuldigung, ich war in Gedanken woanders.« Sie nahm einen Schluck Tee aus dem Becher, den ihr ihre Mutter in die Hand gedrückt hatte.

»Sina wollte von dir wissen, wie es heute in der Schule war«, sagte Mama.

»In der Schule? Da war ich nicht lange. Kommissar Wolff hat mich ins Präsidium geholt. Er wollte mit mir reden.«

»Warum denn?«

Jetzt fühlte Cleo sich definitiv nicht mehr wohl. Sie konnte nicht lügen, aber auch nicht die Wahrheit sagen und eigentlich wollte sie sowieso hier raus und auf dem Hochsitz nach dem Tagebuch suchen.

»Darf ich ein bisschen raus? Mir geht es nicht so gut.«

»Sollen wir nach Hause fahren?«

»Nein. Ich will nur ein bisschen raus. Seid mir nicht böse.«

»Das ist schon in Ordnung, lass sie gehen. Du willst zum Hochsitz, nicht?«

Cleo nickte. Sie stellte den Becher auf den Glastisch und ging durch die Terrassentür, am Swimmingpool vorbei und zum Wald.

26. Kapitel

Verdammt, verdammt, verdammt! Katharina hatte viel zu wenig Licht. Wo sie sich auch zu verstecken versuchte, überall hatte sie das gleiche Problem: Entweder war der Platz zu ungeschützt oder es war zu dunkel. Schließlich entschied sie sich für das Gebüsch an der Hauswand, in der Nähe des Eingangs. Wenn sie sich mit dem Rücken zum Garten drehte, konnte sie wenigstens den letzten Rest des Tageslichts nutzen. Sie legte sich das Tagebuch auf die Knie.

Cleo und die beiden Mütter tranken jetzt etwas. Die Terrassentür stand offen, sodass Katharina das Klappern der Tassen auf dem Glastisch und hin und wieder ein paar Wortfetzen hören konnte. Ihr Vater war anscheinend nicht da, was die Situation bestimmt vereinfachte, vor allem für Cleo.

Okay, alles unter Kontrolle. Jetzt noch ein paar Zeilen schreiben, dann konnte sie Cleo rauslocken und ihr das Tagebuch übergeben. Sie hatte sich auch schon überlegt, was sie als Fundort angeben würde: ein Baumloch in der Nähe vom Hochsitz. Da hatte sie eben extra nachgeschaut – es gab tatsächlich eines, das genau die richtige Größe hatte. Sie nahm den Stift und beschloss, auch im Text eine Unterbrechung einzubauen, das wirkte realistischer.

> *Musste vorhin aufhören wegen der Musicalprobe. Hat mal wieder richtig Spaß gemacht, aber jetzt weiter. Mein Stiefvater meinte also, dass mich das nichts angehen würde, und ich habe geantwortet, dass das nicht sein könne. Schließlich ist er mein Stiefvater, wir leben zusammen unter einem Dach. Und dann ist er völlig ausgeflippt. So hab ich ihn noch nie erlebt.*

Katharina merkte, dass die Schrift nicht stimmte. In dieser Haltung konnte man kaum die eigene Schrift leserlich schreiben, geschweige denn eine fremde. Kurz überlegte sie, ob sie ihre Taschenlampe benutzen sollte, fand das dann aber zu gefährlich. Sie kniete sich hin, in der Hoffnung, dass es dann besser ging, und schrieb weiter.

> *Er hat dann zugegeben, dass er der Vater von den zwei Mädchen auf dem Foto ist. Unglaublich! Ich habe Stiefschwestern und*

wusste es die ganze Zeit nicht! Mein Leben lang wünsche ich mir nichts sehnlicher als eine Schwester und jetzt erfahre ich, dass ich gleich zwei habe! Ich habe gefragt, wo sie denn wohnen, und erklärt, dass ich sie kennenlernen möchte. Und dann, mir läuft es jetzt noch kalt den Rücken runter, wenn ich daran denke,

Sie hörte Schritte auf der Terrasse. Katharina drehte sich vorsichtig um und sah, wie Cleo am Swimmingpool vorbei zum Gartentor ging. Allein. Sie musste sofort hinterher. Schnell schrieb sie noch den letzten Satz:

hat er gesagt: Ich mach dich fertig, wenn du deiner Mutter davon erzählst.

27. Kapitel

Ich hätte eine Taschenlampe mitnehmen sollen, dachte Cleo, als sie die Wiese überquerte. Jetzt war es 21:30 Uhr und so gut wie dunkel. Im Wald würde es noch finsterer sein. Aber sie wollte nicht noch mal zurück, aus Angst vor Fragen und vor allem davor, vielleicht doch noch zurückgehalten zu werden. Wenn Mama gesehen hätte, wie dunkel es schon war, hätte sie sie niemals gehen lassen.

Als sie vor dem Gartentor stand, hatte sie Hemmungen, es zu öffnen. Das Quietschen würde Anjas Mutter erneut wehtun. Ganz vorsichtig öffnete Cleo das verrostete Tor so weit, dass sie hindurchschlüpfen konnte – so wie sie es immer getan hatten, wenn sie von irgendwo zu spät nach Hause gekommen waren.

Im Wald war es tatsächlich fast finster und ihr wurde mulmig. Zu zweit hatten sie hier schon mehrere Stunden im Dunkeln verbracht, aber sie konnte sich nicht erinnern, jemals alleine um die Zeit hier gewesen zu sein. Zum Glück kannte sie den Trampelpfad gut. Schritt für Schritt stapfte sie in Richtung Hochstand.

Hatte Anjas Mörder sie hier aufgespürt? Wieso denke ich immer nur an den Stiefvater? Vielleicht ist es hier passiert …

… oder hier …

… oder hier …

Irgendein Fremder könnte es gewesen sein. So was gibt's schließlich. Hatte Anjas Mutter nicht genau davor immer Angst gehabt?

Cleo musste aufpassen, keine Panik zu bekommen. Leise summte sie ihr Lieblingslied aus *Elisabeth*, gerade so laut, dass es in ihrem Kopf vibrierte und die Gedanken verscheuchte, sie aber immer noch die Geräusche des Waldes wahrnehmen konnte.

»Aua! Mist!« Sie hatte diesen verflixten Ast nicht gesehen und jetzt hatte sie einen fetten Katzer am Oberarm. *Egal, weiter.* Ein leichtes Rauschen lag in der Luft und kleine Äste knackten unter ihren Füßen.

Ich muss morgen sofort den Kommissar anrufen. Wegen dieser ganzen Stiefvater-Geschichte hab ich völlig vergessen zu fragen, was bei der Obduktion rausgekommen ist.

Da! Hatte sie da nicht das Gartentor gehört? Sie blieb stehen und hielt die Luft an. Stille. Nur das Säuseln der Blätter im Wind und hier und da ein Rascheln. Das war normal, in einem Wald lebten Tiere, das wusste sie. Wahrscheinlich hatte sie sich getäuscht.

Sie ärgerte sich, dass sie nicht schon früher auf die Idee gekommen war, auf dem Hochsitz zu suchen. Das letzte Stück Weg zur Lichtung rannte sie. Kurz blieb sie unter dem Hochsitz stehen, um zu horchen, ob ihr jemand gefolgt war. Nichts. *Gut.* Sie kletterte nach oben. Das Holz knarzte und ächzte.

Auf der Aussichtsplattform sah es unverändert aus. Sie hob die Decke und schüttelte sie aus, dasselbe wiederholte sie mit den Kissen. Auch unter dem Tisch oder in den Ecken lag kein Tagebuch. Sie kniete sich hin, um unter der Bank nachzuschauen, und knallte mit dem rechten Knie gegen die lose Planke.

»Aua!«, rief sie laut auf und erschrak vor ihrer eigenen Stimme.

»Scheiß-Ding«, fluchte sie leise, setzte sich auf den Boden und rieb sich das Knie. Als sie versuchte, die Planke zu befestigen, um sich nicht noch schlimmer zu verletzen, registrierte sie, dass diese, zusammen mit anderen, als Abdeckung diente. Der Platz unterhalb der Sitzfläche war mit Holzbrettern zugenagelt. Jetzt, da das Brett lose war, konnte man den Platz super als Stauraum nutzen, zum Beispiel für ein …

Sie kniete sich ungeachtet der Schmerzen sofort wieder hin, nahm die Planke ganz raus und steckte ihre Hand in die schmale Ritze. *Was war das?* Hektisch klopfte sie auf einen knisternden Gegenstand. *Da war doch was!* Es fühlte sich an wie eine Plastiktüte. Mit ganzer Kraft steckte sie ihren rechten Arm noch tiefer unter die Sitzfläche, bekam die Tüte aber nicht zu packen. Sie ruckelte an der nächsten Planke und stellte fest, dass diese auch nur lose befestigt und ganz leicht zu entfernen war. Kurz darauf hielt sie ein mit Plastik verschnürtes Päckchen in den Händen und wusste sofort, dass sie es gefunden hatte – das Tagebuch.

Cleo unterdrückte einen Freudenschrei. Sie hatte das Tagebuch gefunden! *Unglaublich!* Es war in eine Plastiktüte gewickelt und ein Stift war auch dabei. Anja hatte also hier oben Tagebuch geschrieben. Jetzt verstand sie auch, warum die Kerzen so weit runtergebrannt waren.

Mittlerweile war es Nacht geworden und sie konnte fast nichts mehr erkennen. Ein Königreich für eine Taschenlampe!

Nichts wie weg, zum Licht.

Doch vorher wollte sie Katharina anrufen. Sie brauchte jetzt jemanden, dem sie von ihrem Fund erzählen konnte. *Die wird staunen.* Aufgeregt wählte sie Katharinas Nummer und wartete...

Ein lauter Klingelton hallte über die Lichtung. Cleos Herz blieb stehen und für einen Moment litt sie Todesängste. Doch dann fiel ihr ein, wo sie den Klingelton schon mal gehört hatte, und zeitgleich vernahm sie auch schon die dazugehörige Stimme: »Ich bin hier unten, Cleo. Kannst runterkommen, wenn du mich sprechen willst.«

28. Kapitel

Sie hatte bereits an der Vibration gespürt, dass ihr Handy gleich klingeln würde. Aber ihre Reaktion war zu langsam gewesen und so schallte kurz darauf die Mozartmelodie durch den Wald. Blitzschnell lehnte sie den Anruf ab und reagierte: »Ich bin hier unten, Cleo. Kannst runterkommen, wenn du mich sprechen willst.«

Instinktiv fühlte sie in ihrer Tasche nach dem Giftfläschchen. Gut, es war da, das beruhigte sie. Die Tatsache, dass Cleo sie jetzt entdeckt hatte, machte es nicht gerade einfacher. Die Sache stand von Anfang an unter keinem guten Stern.

Ruhig, RUHIG bleiben, sonst kannst du nicht denken.

Katharina graute bei der Vorstellung, die zarte Cleo zwingen zu müssen, das Gift zu schlucken.

Ich muss vorher alles andere versucht haben. Es darf einfach nicht passieren!

Sie klemmte die Tasche fest unter ihren Arm. Auf keinen Fall durfte sie ausrasten wie bei Anja.

Cleo kam die Treppe runter. Da es stockdunkel war, konnte Katharina sie nur schemenhaft erkennen, sah aber, dass sie etwas in der Hand hielt.

»Katharina! Was machst du denn hier?«

»Ich wollte dir helfen, hab's daheim nicht mehr ausgehalten.«

Was ist das in Cleos Hand?

»Ich wollte dich gerade anrufen«, sagte Cleo.

Katharina hörte Skepsis in ihrer Stimme. Oder bildete sie sich das nur ein?

Locker bleiben, harmlos tun.

Katharina lachte. »So ein Zufall.«

»Das stimmt.«

Jetzt war Cleo unten angekommen und die beiden Mädchen standen sich gegenüber.

»Was wolltest du mir denn sagen?«, fragte Katharina.

»Stell dir vor, was ich gerade auf dem Hochsitz gefunden habe.«

»Nicht das Tagebuch, oder?«

»Genau das!«

Feierlich öffnete Cleo die Plastiktüte und präsentierte ihren Fund.

»Wow!« Katharina sah so gut wie nichts, aber das brauchte sie auch nicht. Cleo hatte das Tagebuch gefunden!

»Komm, wir gehen zurück.«

»Gib mir das Buch, ich steck es in die Tasche.«

»Warum? Ich kann es auch tragen.«

»Aber die Tasche ist groß genug und ich kann sie um die Schulter hängen. Dann hast du die Hände frei.«

Cleo gab es ihr.

»Hast recht. Die braucht man tatsächlich. Hab mir vorhin schon einen Kratzer geholt.«

»Hmmm«. Katharinas Herz klopfte so sehr, dass sie Angst hatte, es würde ihr die Sprache verschlagen. Atemlos ging sie hinter Cleo her und öffnete im Laufen erst ihre Tasche, dann vorsichtig die Plastiktüte. Die Geräusche der Schritte waren so laut, dass Cleo nichts hören konnte. Katharina griff nach dem Tagebuch. Es hatte die gleiche Form wie jenes, das sie gekauft hatte, und war – welch ein Wunder – auch mit Stoff bespannt. Wie gut sie Anjas Geschmack kannte! Sie nahm das Tagebuch aus der Plastiktüte und steckte ihr präpariertes hinein. Dann schloss sie die Tasche und neue Zuversicht erfüllte sie.

Ich werde sie vielleicht doch nicht töten müssen.

Und jetzt fand sie auch ihre Sprache wieder. »Das ist ja toll, dass du das Buch gefunden hast. Wow, ganz schön spannend. Was da wohl drinsteht? Vielleicht werden wir gleich erfahren, wer Anjas Mörder war.«

»Zumindest werden wir erfahren, was sie auf dem Dachboden entdeckt hat.«

Sie waren am Gartentor angekommen.

»Wir müssen uns durchquetschen. Anjas Mutter darf uns nicht hören.«

Cleo öffnete das Gatter vorsichtig, Millimeter für

Millimeter, und die beiden Mädchen zwängten sich durch eine schmale Öffnung.

»Lass uns zum Swimmingpool gehen, ich weiß, wo die Lampen angehen«, sagte Cleo.

»Meinst du wirklich? Dann sehen uns doch deine und Anjas Mutter.« Katharina war zwar immer gut mit Frau Diekamp ausgekommen, aber sie hatte keine Ahnung, wie sie reagieren würde, wenn sie sie hier zusammen mit Cleo sehen würde.

»Gehen wir zu den Garagen. Da ist ein Bewegungsmelder«, schlug sie vor. Die waren auf der anderen Seite des Grundstücks. Weder Licht noch Geräusche würden bis ins Wohnzimmer dringen.

»Gute Idee«, sagte Cleo. Und sie gingen an der Hauswand entlang zum Garagenvorplatz. Plötzlich sprang die Außenbeleuchtung an und blendete sie fürchterlich. Katharina blinzelte und ärgerte sich sofort, diesen Ort vorgeschlagen zu haben. In dem gleißenden Licht war die Schrift viel zu deutlich erkennbar.

»Ganz schön hell hier«, sagte sie.

»Ist doch gut«, entgegnete Cleo. Sie setzte sich auf die Bordsteinkante vor die Mülltonnen und forderte Katharina mit einer Geste auf, sich neben sie zu setzen.

»Los. Gib her.«

»Und wenn nichts Gutes drinsteht?«

»Was meinst du damit? Gib schon her.«

Katharina setzte sich neben Cleo und zog ihr Tagebuch aus der Tasche. Gleichzeitig fuhr sie all ihre Antennen aus, um zu erspüren, was in Cleo vor sich ging, während sie ihr das Buch überreichte. Keine neue Falte zwischen den Augen, kein skeptischer Blick, auch der Mund blieb reglos, kein komischer Laut, nichts. Cleo schlug das Tagebuch auf.

»Ich hab ein bisschen Angst«, sagte Cleo.

Die erste Hürde ist genommen! Sie hat es nicht gemerkt!

»Es sind nur zwei Seiten«, bemerkte Cleo erstaunt.

Das Licht ging mit einem lauten Klack aus. Cleo stand auf und hüpfte zwei-, dreimal, bis das Licht wieder ansprang. Dann setzte sie sich wieder und begann laut zu lesen:

Donnerstag, den 21.06.2011
Heute schreibe ich seit Langem mal wieder Tagebuch.
Ich habe etwas Schreckliches erfahren und kein Mensch hört mir zu. Cleo hat mich gestern weggeschickt, als ich es ihr erzählen wollte

Sie stockte, blickte auf die gerade gelesenen Zeilen. »Scheiße!« Sie las weiter.

und Katharina erreiche ich nicht, sie ist ja dauernd arbeiten. Deshalb habe ich mir jetzt ein neues Tagebuch gekauft und schreibe es auf, irgendwem muss ich es ja erzählen.

Während sie weiterlas, betrachtete Katharina Cleos Haltung und Mimik, fand aber nichts, das auf Zweifel oder Ähnliches hinwies. Wenn Cleo das jetzt schluckte, wäre sie einen wichtigen Schritt weiter... aber noch lange nicht am Ziel. Ihre Gedanken wanderten zu ihrem Vater. *Dieses verflixte Alibi.*

Das Licht ging aus. Cleo versuchte es zunächst mit Winken, doch vergeblich. Also stand sie wieder kurz auf. Dann las sie weiter.

Ich hab ihm dann die Kiste gezeigt und da ist er wütend geworden.

Vielleicht sollte er doch besser sterben. Selbstmord. Warum nicht? Dann noch ein Bekennerschreiben zum Mord an Anja, fertig.

»Katharina? Hörst du überhaupt zu?«

»Was? Ja, natürlich.«

»Dieses Tagebuch hat Anja nicht geschrieben.«

»Wieso nicht?«

»Das kann nicht sein. Sie schreibt hier, dass sie bei der Musicalprobe war. Da war sie aber nicht. Am letzten Donnerstag – und das Datum ist vom letzten Donnerstag – haben nur die beiden Hauptdarsteller geprobt: Jakob und ich.«

Katharina wurde schwarz vor Augen. Ihr Kopf fühlte sich mit einem Schlag leer an. Anjas Sturz lief vor ihrem inneren Auge ab wie ein Film, das dumpfe Geräusch dröhnte in ihren Ohren. *Nicht schon wieder, bitte, sei still!*

»Und die Schrift stimmt auch nicht. Hier, das S.«

Sie zeigte auf das Wort Stiefvater und ja, das S war ihr nicht gut gelungen.

»Und das M – hier! Ich kenne ihre Schrift, seit sie ihren ersten Buchstaben geschrieben hat.«

Das Licht ging aus und sofort sprang Cleo auf. Sie war so aufgebracht, dass sie sich nicht wieder setzte, sondern mit dem aufgeschlagenen Tagebuch vor den Augen unruhig auf und ab ging.

»Die Geschichte wird immer verrückter! Wer macht denn so was und vor allem: warum?« Sie redete sich in Rage, wurde immer lauter.

»Sei still, sie hören dich. Wir müssen doch erst nachdenken.«

Cleo sprach etwas leiser: »Hinzu kommt noch, dass sie mir meinen Probenplan um die Ohren gehauen hätte, wenn ihr Stiefvater sie wirklich derart bedroht hätte. Mit so einer Geschichte wäre sie nicht allein geblieben. Niemals. Anja nicht. Das ist ja die Höhe!«

Keiner kannte Anja so gut wie Cleo. Wie hatte sie das vergessen können? Die Gewissheit und Klarheit, die Cleo in diesem Moment ausstrahlte, überwältigte Katharina. Es war wie bei Laura und ihr. Eine Sekunde hatte gereicht, um alles in ihrem Blick zu lesen. Wie absurd zu meinen, Cleo in diesem Punkt täuschen zu können. Sie hatte von Anfang an keine Chance gehabt.

Katharina wollte gerade ihr Giftfläschchen nehmen, als ihr Handy klingelte.

Wer ist das denn? Ausgerechnet jetzt.

Sie kramte ihr Handy aus den Tiefen ihrer Tasche, die sie auf dem Kies vor der Einfahrt abgestellt hatte.

»Hallo?«

»Ja, hallo, hier ist Kommissar Wolff. Mit wem spreche ich?«

Erschrocken ging sie ein paar Schritte Richtung Tor, damit Cleo nicht mithören konnte. *Er ist im Heim.* Instinktiv tat sie wieder besorgt: »Hallo, Mama. Ja, natürlich komme ich nach Hause.«

»Entschuldigen Sie. Haben Sie mich nicht verstanden? Hier ist Kommissar Wolff.«

»Trink was. Ich habe dir Wasser auf den Nachttisch gestellt.«

»Sabrina, ich bin bei Ihrer Mutter im Heim, es geht ihr gut«, sagte er in einer wesentlich forscheren Stimme als zuvor. »Ihre Nummer lag in der Nachttischschublade. Sagen Sie mir bitte, wo Sie sind.«

Aus dem Augenwinkel sah Katharina, dass ihre Tasche weit geöffnet im Flutlicht der Garagenbeleuchtung stand und Cleo einen Blick hineinwarf. Panikartig sagte sie noch: »Ich komme gleich«, legte auf, schnappte die Tasche und klemmte sie sich unter die Achsel.

Wolff wird mich gleich geortet haben. Jetzt muss ich handeln, sonst ist das das Ende.

»Da liegt noch so ein Buch drin«, sagte Cleo und schaute sie ob dieser hastigen Aktion äußerst verwirrt an.

»Ja«, sagte Katharina. Sie nutzte Cleos Schrecksekunde, packte sie von hinten und hielt ihr den Mund zu. Sie war viel stärker als die schlanke Cleo und so schaffte sie es, Cleo den Weg hinunter zum Haupttor zu zerren.

29. Kapitel

Katharina war's!

Gerade als sie das gedacht hatte und Fassungslosigkeit sie erstarren ließ, hatte Katharina sie schon von hinten gepackt, ihr den Mund zugehalten und mit der anderen Hand ihren Oberkörper umschlungen. Die Fassungslosigkeit verwandelte sich schlagartig in Panik. Cleo trat, schlug und brüllte mit aller Kraft in Katharinas klebrige Hand. Doch sie war einfach nicht stark genug. Katharinas Griff schnürte ihr außerdem die Luft ab, sie konnte kaum atmen. Innerhalb von Sekunden waren sie schon unten am Tor und jetzt zerrte Katharina sie in den Wald hinein.

»Ich habe Gift dabei, da geht es ganz schnell. Mir tut das auch weh, wirklich.« Während sie sprach, schleppte sie Cleo immer tiefer in den Wald. »Meinen Vater hätte es erwischen sollen, aber doch nicht Anja und dich.«

Cleo hatte große Mühe, ihr zuzuhören. Trotzdem hatte sie den letzten Satz verstanden.

Katharina ist Sabrina Meinhard! Mein Gott, wieso bin ich auf die Idee nicht gekommen?

Mit einem Schlag setzte sich fast das ganze Puzzle zusammen. Aber eben nur fast. Sabrinas Mutter war in einem Heim, nicht zu Hause und...

Sie musste den Mund freibekommen, verdammt! *Ich muss mit ihr reden.*

»Ich schreie nicht, lass mich was sagen!«, schrie sie gegen die Hand. Und noch mal und noch mal.

»Cleo, ich kann die Hand nicht wegnehmen.« Mittlerweile hatte Katharina sie bis zur Aussichtsbank geschleppt und sie so geschickt zwischen ihren Beinen eingekeilt, dass sie sogar eine Hand frei hatte. Damit zog sie ein kleines Fläschchen aus ihrer Tasche. Cleo bekam noch mehr Panik.

Das kann doch jetzt nicht das Ende sein!

Sie wehrte sich, trat und schlug um sich und wiederholte immer wieder: »Lass mich!« Ihre Kehle schmerzte vom Schreien. Sie sah, wie Katharina mit den Zähnen das Fläschchen aufdrehte.

Gift! Gleich ist es vorbei. Was kann ich tun? Hilfe.

»HILFE!« Doch Katharinas Hand erstickte ihren Ruf. Sie presste ihre Lippen fest aufeinander. Auf keinen Fall durfte sie zulassen, dass das Gift...

»Scheiße!«, brüllte Katharina in den Wald hinein.

Was passiert denn jetzt?

Cleo schaute Katharina an. Die wischte sich mit dem Handrücken über die Augen.

Ein Schluchzen? Tatsächlich.

Katharina weinte. Jetzt spürte sie es auch an ihrem Griff, er wurde lockerer und Katharinas Körper zitterte. Da, wieder ein lauter Schluchzer. Und plötzlich ließ sie Cleo los. Die sprang sofort auf und rannte davon, zehn Meter, fünfzehn Meter, dann hielt sie inne und blickte zurück. Wie ein Häufchen Elend saß Katharina zusammengesunken auf der Bank und weinte jämmerlich.

Cleo stützte ihre Hände auf die Knie wie ein Langstreckenläufer und holte ein paarmal tief Luft. Ihre Knie zitterten, ihr ganzer Körper war in völligem Aufruhr.

»Du spinnst doch!«, schrie sie in Katharinas Richtung. »Hast die Totalmeise!«

Dann stand sie unschlüssig da. Sollte sie wegrennen? Zu Mama? Sich in Sicherheit bringen? Doch irgendetwas hielt sie davon ab, wahrscheinlich die Fragen und vor allem die Wut. Sie hob einen schweren Ast vom Boden auf, mit dem sie sich zur Not verteidigen konnte.

»Du bist Sabrina Meinhard, stimmt's?«

Katharina nickte.

»Was hast du Anja angetan?« In Cleos Worten lag die ganze Wut der letzten Tage, entsprechend schrill klang ihre Stimme.

»Es war ein Unfall.« Katharina flüsterte fast. Sie saß auf der Bank, stützte ihre Unterarme auf die Oberschenkel und richtete den Blick zwischen ihren Beinen auf den Boden.

»Ach ja? Das soll ich dir glauben?« Cleo hatte das

Bedürfnis, Katharina zu packen und so lange zu schütteln, bis sie alles wusste. Aber sie wahrte Distanz, das erschien ihr sicherer.

»Sie... sie ist auf der Treppe gestürzt.« Katharinas Sätze wurden regelmäßig von markerschütternden Schluchzern unterbrochen. »Was glaubst du denn, hä? Ich mochte sie.«

»Warst du eifersüchtig?«

»Nein«, schrie Katharina. Sie hob den Kopf und blickte Cleo flehend an. Obwohl mindestens fünfzehn Meter zwischen ihnen lagen, hatte Cleo das Gefühl, sie stünde ganz dicht vor ihr. Intuitiv trat sie ein paar Schritte zurück.

»Ich tu dir nichts, Cleo, wirklich nicht. Ich hätte es ja eben können, aber ich habe es nicht geschafft. Dich mag ich doch auch.«

»Warum Anja?«

»Es war ein Unfall, ehrlich.« Katharina blickte wieder auf den Waldboden. »Ich wollte meinen Vater umbringen, nicht Anja. Es tut mir unendlich leid.« Kurz versank sie in Schweigen und Cleo erinnerte sich an den Besuch bei Mortzfeld. Das Mädchen Sabrina aus seiner Geschichte hatte ihr so schrecklich leidgetan. Und jetzt saß es vor ihr.

»Es war ein so guter Plan. Fünf Jahre habe ich gebraucht. Ich hab in der Gerichtsmedizin geputzt, um zu studieren, was ich für den perfekten Mord wissen muss. Und bei den Diekamps war ich, um die Gewohnheiten der Familie kennenzulernen. Es war perfekt. Alles habe ich bedacht, alles.«

Sie machte eine Pause, und gerade als Cleo überlegte, wie sie sie zum Weitersprechen auffordern könnte, fuhr sie von selbst fort. »Es war einfach, Katharina zu werden. Ein Typ, den ich in der Putzfirma kennengelernt habe, hat mir Papiere besorgt. Das war zwar teuer, aber egal. Sabrina ist einfach nirgends mehr aufgetaucht, kein Telefonbucheintrag, keine Kreditkarte, keine Bankbewegungen. Sie ist überall nur noch eine Karteileiche.«

In dem Moment waren Martinshörner zu hören. Gleich mehrere und sie kamen näher, direkt hierher. Jetzt schimmerte das hektische Blaulicht sogar schon durch die Bäume.

»Die Polizei«, sagte Cleo. »Woher wissen sie…?«

»Das vorhin war nicht meine Mutter. Die redet seit fünf Jahren keinen Ton mit mir. Es war Wolff.«

Und der hat sie geortet, dachte Cleo den Satz weiter. All ihre Muskeln waren zum Zerreißen gespannt. Wenn Katharina jetzt weglaufen wollte, würde sie das verhindern. Sie war vielleicht nicht stark, konnte aber rennen wie der Blitz. Doch Katharina reagierte überhaupt nicht auf die Martinshörner. Sie saß einfach nur da und blickte auf den Boden.

Die Polizeiwagen standen jetzt vor dem Diekampschen Tor und warteten anscheinend, bis es jemand öffnete. Dann war es mit einem Mal wieder totenstill.

Cleo hätte einfach nur in Richtung Haus laufen müssen, doch dieses Gespräch galt es, zu Ende zu führen. Sie fühlte sich sicher und hoffte inständig, dass die Polizei ihr noch etwas Zeit ließ.

»Warum ist Anja die Treppe runtergefallen?«

»Ja, weil ...« Katharina sprang auf, setzte sich aber gleich wieder. Dann schrie sie: »Mensch, warum musstet ihr auch überall rumschnüffeln! Es wäre alles gut gegangen, es war so gut geplant. Aber dann musste Anja dieses idiotische Kästchen finden. Ich war schon in der Küche, um den Mord an meinem Vater vorzubereiten, da kam sie zurück. Sie hatte was vergessen ... das Kästchen, um es dir zu zeigen. Und dann hat sie es mir gezeigt. Da war ein Foto drin und sie hat mich erkannt.«

Katharina brüllte jetzt so laut, dass es nicht mehr lange dauern konnte, bis die Polizei sie gefunden hatte.

»Mir ist 'ne Sicherung durchgebrannt. Auf dem Bild waren Laura, meine Mama, mein Papa und ich. Wir sahen aus wie eine glückliche Familie. Als ich Laura gesehen habe, bin ich ausgetickt.« Mit diesen Worten begann sie wieder zu schluchzen. »Wir haben dann gestritten, es kam zu einem Kampf, weil sie mich nicht gehen lassen wollte. Und dann ist es passiert.«

»Sie wollte dich nicht gehen lassen? Warum?«

»Weil ich ihre Fragen nicht beantwortet habe. Als ich das Bild gesehen hatte, wollte ich nur noch raus. Sie hat sich aber in die Tür gestellt und mich mit Fragen bombardiert. Da ist es dann passiert.«

»Was ist passiert?«

»Ich hab sie weggestoßen und sie ist gestolpert und ...«

»Wie schrecklich.«

Die Mädchen schwiegen. Cleo stellte sich die Szene bildlich vor und es schnürte ihr die Kehle zu. Im Hintergrund hörte sie die Polizisten ihren Namen rufen. Gleich darauf kam auch noch Hundegebell hinzu. Cleo fragte sich fieberhaft, was Anja in dieser Situation getan hätte. Eines war ihr sofort klar: Sie hätte Katharina nicht einfach hier sitzen lassen. Anja war die Beste, wenn es darum ging, scheinbar ausweglose Situationen zu entwirren. So gerne wäre Cleo jetzt ein bisschen wie Anja gewesen, denn Katharina tat ihr leid, trotz allem.

Wenn sie noch was erreichen wollte, musste sie sich beeilen, die Polizisten hatten bereits das Grundstück verlassen und waren mit den Hunden in den Wald gegangen. Und Cleo schaffte es tatsächlich, einen Gedanken zu fassen. Sie atmete zweimal tief durch. »Also«, begann sie. Katharina schaute auf. »Dir ist etwas wirklich Schreckliches passiert und das tut mir sehr leid. Aber ein Mord aus Rache? Du würdest entweder jahrelang im Knast sitzen oder darunter leiden, dass Blut an deinen Händen klebt. Das ist doch beides furchtbar.«

Katharina blickte automatisch auf ihre Hände und drehte sie vor ihren Augen hin und her.

»Dein Vater hat schon deine Kindheit und deine Jugend zerstört«, fuhr Cleo fort. »Willst du, dass er auch noch den Rest deines Lebens beherrscht? Wenn du gehört hättest, wie positiv Herr Mortzfeld über dich gesprochen hat! Dir steht doch die Welt offen! Vergiss den Scheiß und mach was aus dir.«

Kurz hatte Cleo das Gefühl, als spräche Anja aus ihr.

»Medizin studieren, das wäre mein Traum.« Katharina lächelte.

»Na also«, sagte Cleo.

Die Hunde hatten Witterung aufgenommen, sie bellten ohne Unterlass und kamen rasch näher. Doch eines musste Cleo unbedingt noch wissen.

»Was ist mit deiner Mutter? Warum spricht sie nicht?«

Katharina zuckte mit den Schultern. »Weiß ich nicht. Sie hat nach dem Tod von Laura damit aufgehört.«

«Und du besuchst sie täglich?«

»Ja.«

»Nimmt sie denn anders Kontakt mit dir auf?«

Katharina schüttelte den Kopf.

»Warum bist du dann nur sauer auf deinen Vater? Deine Mutter hat dich doch genauso im Stich gelassen.«

30. Kapitel

Cleos letzter Satz zog Katharina vollends den Boden unter den Füßen weg. Gerade hatte sie festgestellt, wie unerwartet leicht es war, aufzugeben. Als sie die Martinshörner gehört hatte, hatte sie sich fast befreit gefühlt. *Gleich wird es endlich vorbei sein,* hatte sie gedacht.

Doch dann traf sie Cleos Satz und fügte ihr unendlichen Schmerz zu. Cleo hatte recht und eigentlich wusste Katharina das schon lange. Sie legte sich auf die Bank, rollte sich zusammen wie ein Embryo im Mutterleib, wie Laura auf ihrem Bettchen, und schloss die Augen.

»Cleo, da sind Sie ja!«, hörte sie aus der Ferne eine aufgebrachte Männerstimme rufen.

»Hallo, Herr Wolff. Es geht mir gut«, antwortete Cleo. Katharina öffnete die Augen und sah eine Horde uniformierter Menschen auf sie zukommen, hastig und unerbittlich.

»Cleo«, sagte sie schnell.

»Ja, Sabrina.«

»Danke.«

Das Böse hat seine guten Seiten – Die Arena Thriller

Tamina Berger

Frostengel

Theresa kann nicht glauben, dass ihre beste Freundin Julia Selbstmord begangen hat. In der Nacht, in der sie von der Brücke gesprungen sein soll, war sie nicht allein. Hat nicht der undurchschaubare Leon Julia seit Wochen verfolgt? Doch als Theresa anfängt, in Julias Vergangenheit nachzuforschen, erfährt sie Dinge, die besser nie ans Licht gekommen wären.

Arena

264 Seiten • Klappenbroschur
ISBN 978-3-401-06808-4
www.arena-thriller.de